हरियाणा के लाल

HARYANA KE LAL

रनवीर सिंह

समर्पण

हरियाणा के जवान, किसान, पहलवान, खान-पान आदि का भारत देश में अपना विशेष स्थान है। "लाल" शब्द "लाल" रंग के अतिरिक्त, पुत्र के सम्बोदन से विशेषत: सम्बन्धित है। यही कारण है कि यहां व्यक्ति अपने नाम में "लाल" शब्द जोड़ते हैं। ऐसे "लाल" नाम से सम्बन्धित व्यक्तियों का उल्लेख इस पुस्तक के माध्यम से किया जा रहा है, जिनका अतुलनीय योगदान देश हित में रहा है। उनके योगदान स्मृति में समर्पण।

क्रम-सूची

प्रस्तावना

प्रस्तावना - हरियाणा के लाल

हरियाणा के लाल

देशों में देश हरियाणा । जहाँ दूध दही का खाणा (खाना) ।।

हरियाणा के जवान, किसान, पहलवान, खान-पान आदि का भारत देश में अपना विशेष स्थान है। "लाल" शब्द "लाल" रंग के अतिरिक्त, पुत्र के सम्बोदन से विशेषत: सम्बन्धित है। यही कारण है कि यहां व्यक्ति अपने नाम में "लाल" शब्द जोड़ते हैं। ऐसे "लाल" नाम से सम्बन्धित व्यक्तियों का उल्लेख इस पुस्तक के माध्यम से किया जा रहा है, जिनका अतुलनीय योगदान देश हित में रहा है।

हरियाणा (अंग्रेजी : Haryana) उत्तर भारत का एक राज्य है जिसकी राजधानी चंडीगढ़ है। इसकी सीमायें उत्तर में पंजाब और हिमाचल प्रदेश, दक्षिण एवं पश्चिम में राजस्थान से जुड़ी हुई हैं। यमुना नदी इसके उत्तर प्रदेश राज्य के साथ पूर्वी सीमा को परिभाषित करती है। राष्ट्रीय राजधानी दिल्ली हरियाणा से तीन ओर से घिरी हुई है और फलस्वरूप हरियाणा का दक्षिणी क्षेत्र नियोजित विकास के उद्देश्य से राष्ट्रीय राजधानी क्षेत्र में शामिल है।

हरियाणा 23 जिलों के साथ भारत के उत्तरी क्षेत्र में एक राज्य है और देश का सत्रहवां सबसे लोकप्रिय प्रदेश है।

यह राज्य वैदिक सभ्यता और सिंधु घाटी सभ्यता का मुख्य निवास स्थान है। इस क्षेत्र में विभिन्न निर्णायक लड़ाइयाँ भी हुई हैं जिसमें भारत का अधिकतर इतिहास समाहित है। इसमें महाभारत का महाकाव्य युद्ध भी शामिल है। हिन्दू मतों के अनुसार महाभारत का युद्ध कुरुक्षेत्र में हुआ (इसमें भगवान कृष्ण ने भागवत गीता का वादन किया)। इसके अलावा यहाँ तीन पानीपत की लड़ाइयाँ हुई। ब्रितानी भारत में हरियाणा पंजाब राज्य का अंग था जिसे 1

नवंबर 1966 में भारत के 17वें राज्य के रूप में पहचान मिली। वर्तमान में खाद्यान और दुग्ध उत्पादन में हरियाणा देश में प्रमुख राज्य है। इस राज्य के निवासियों का प्रमुख व्यवसाय कृषि है। समतल कृषि भूमि निमज्जक कुओं (समर्सिबल पंप) और नहर से सिंचित की जाती है। 1960 के दशक की हरित क्रान्ति में हरियाणा का भारी योगदान रहा जिससे देश खाद्यान सम्पन्न हुआ।

प्रशासनिक आधार पर हरियाणा को 22 जिलों में विभाजित किया गया है, जो 6 मण्डलों में समूहबद्ध हैं। इन 22 जिलों में 72 सब-डिवीजन, 93 तहसील, 50 उप-तहसील, 140 सामुदायिक विकास खंड, 154 नगर तथा कस्बे, 6212 ग्राम पंचायत और 6841गांव हैं।

1 नवंबर 1966 को जब तत्कालीन पूर्वी पंजाब के विभाजन द्वारा हरियाणा राज्य की स्थापना हुई थी, तब राज्य में 7 जिले थे; रोहतक, जींद, हिसार, महेंद्रगढ़, गुड़गांव, करनाल तथा अंबाला। 2011 तक इन जिलों के पुनर्गठन के माध्यम से 14 नए जिले जोड़े जा चुके

हैं।

वर्तमान में 23 जिले हैं, जिसमें गोहाना 23वां जिला घोषित किया गया है। अन्य 22 जिले अंबाला, भिवानी, चरखी दादरी, फरीदाबाद, फतेहाबाद, गुरुग्राम, हिसार, झज्जर, जींद, कैथल, करनाल, कुरुक्षेत्र, महेंद्रगढ़, नूह (मेवात), पलवल, पचकुला, पानीपत, रेवाड़ी, रोहतक, सिरसा, सोनीपत, यमुनानगर हैं।

हरियाणा भारत की स्वतंत्रता से पहले भारत की स्वत्रंता (15 अगस्त 1947) के बाद में बड़े क्रांतिकारी संघर्ष हुए हैं। महाभारत का कुरुक्षेत्र युद्ध, पानीपत की तीनों लड़ाईयां, रियासत कालीन समय, स्वत्रंतता के लिए संघर्ष और स्वतंत्रता के बाद एक अलग हरियाणा निर्माण कर गांव-गांव बिजली, सड़क और पानी की व्यवस्था एक मिशाल कायम की है।

इसके अतिरिक्त यह क्षेत्र संतों का क्षेत्र रहा है। जिसमे संत बाबा गरीबदास (1717-1778), संत निश्छल दास (1791-1863), भक्त फूल सिंह हरियाणा (1885 – 14 अगस्त 1942), जगदेव सिंह सिद्धान्ती (अहलावत) हरियाणा (1900 – 27 अगस्त 1979), स्वामी ओमानंद सरस्वती (1910-2003), स्वामी ताराचंद (राधास्वामी) (2 मार्च 1948 – 3 जनवरी 1997) आदि संतों का भी विशेष योगदान रहा है।

स्वतंत्रता आन्दोलन से पहले और आन्दोलन के समय यह हरियाणा वीर भूमि के विशेष अतुलनीय योगदान रहे हैं। कान्हा रावत गांव बहीन (1640 -1684) तहसील हथीन जिला पलवल, राजा नाहर सिंह (तेवतिया) बल्लभगढ़ (1823 – 9 जनवरी 1858) तथा तत्कालीन जाट रियासतें जींद, कैथल, बल्लभगढ़, अंबाला, जगाधरी, सोहना, करनाल, हांसी आदि की भी विशेष भूमिकाएं रही थीं। हरियाणा के जवान, किसान, पहलवान, खान-पान आदि का भारत देश में अपना विशेष स्थान है।

हरियाणा के लाल -

हरियाणा मुख्यत: तीन लाल के नाम से भी जाना जाता है, वे नाम हैं देवीलाल, बंसीलाल और भजनलाल। ये तीनों राजनीति क्षेत्र से सम्बन्धित रहते हुए अपने-अपने समय में विकास कार्य कार्य कराए थे, जिससे उन्हें आज भी याद किया जाता है, उनके कृतत्व देश हित में थे। वर्तमान में दो और लाल से सम्बन्धित नाम गयालाल और मनोहर लाल (खट्टर) जिनका राजनीति से सम्बन्ध रहा है, उनका भी उल्लेख इस पुस्तक में किया गया है।

साधारण तौर पर लाल शब्द से अर्थ निकलते हैं:- एक रंग का नाम – लाल, दूसरा अर्थ संतान (पुत्र), प्यारा पुत्र आदि। यही कारण हरियाणा में रहे कि अक्सर संतान के नाम में लाल शब्द जोड़ा जाता रहा है ।

यथा –

लाल - - अजयलाल, अमरलाल, अमनलाल, अमृतलाल, अनोखेलाल, आनन्दलाल, आनन्दीलाल, उदयलाल, ओमलाल, ओंकारलाल, अंजनीलाल

कन्हैय्यालाल, कमरलाल, कंवरलाल, कंछीलाल, कारेलाल, कान्तिलाल, क्रान्तिलाल, किसनलाल, केशवलाल, कृष्णलाल, गणपतलाल, गयालाल, गणेशलाल, गनेशीलाल,

गेंदालाल, गोविन्दलाल, गोरेलाल, गोटेलाल,

चमनलाल, चिमनलाल, चाँदलाल, चीमनलाल, चंद्रलाल, चंदूलाल, चुन्नालाल, चुन्नीलाल, चेनीलाल, चेतीलाल, छगनलाल, छेदीलाल, छिददालाल, जमनालाल, जीवनलाल, जीतूलाल, जगनलाल, जगतलाल, जामन/जमनालाल, झूलेलाल, झनइडुलाल, झम्मनलाल,

देवीलाल, देवलाल, दुर्गालाल, दयालाल, दलाल, धनलाल, धवनलाल, धनपतलाल, धरमलाल, नन्दलाल, नरलाल, पंचलाल, पन्नालाल, पन्नीलाल, पुन्नीलाल, पुनियालाल, प्यारेलाल, प्रेमलाल, प्रजालाल,

बतनलाल, बनबारीलाल, बाबूलाल, बच्चूलाल, बारेलाल, बिहारीलाल, बेदीलाल, बंशीलाल/बंसीलाल, बंटीलाल, बद्रीलाल, ब्रजलाल, भजनलाल, भंवरलाल, भमरलाल, भगवानलाल, भगवतलाल, भूरेलाल, भीमलाल, मदनलाल, मनोहरलाल, महीलाल, माखनलाल, मांगीलाल, मांगेलाल, मुन्नालाल, मुन्नीलाल, मुनियालाल, मुरारीलाल, मिजेजीलाल, मिश्रीलाल, मेवालाल, मेघलाल, मेदलाल, मोहनलाल, रतनलाल, रामलाल, रामजीलाल, रंगलाल, राधेलाल,

श्यामलाल, शंकरलाल, शिवलाल, शांतिलाल, श्योलाल, संतलाल, सेवालाल, सोमलाल, सोहनलाल, हरलाल, ज्ञानलाल, क्षमालाल, श्रीलाल, इत्यादि।

शब्द बल –

शब्द में बड़ा बल है । एक वैखरणी वाणी कहलाती है जिसे मनुष्य बोलते हैं । मध्यमा वाणी कंठ में रहती है, पश्यंती ,परा अध्यात्मवाद की वाणी है । आप राम नाम वैखरणी वाणी से जपते हैं । ऐसी वाणी जो उसकी कृपा से आती है, वह परा वाणी है । सैकड़ों लोग नाम सुनते हैं, जहां मन वाणी का विचार न हो और राम नाम की ध्वनि अन्दर चल रही हो तो उस अजपा जाप के पश्चात फिर किसी और बात की आवश्यकता नहीं रहती । मनुष्य के अन्दर जो वास्तविक भूख है वह पूरी हो जाती है जब अजपा जाप शुरू होता है ।

जब कोई वास्तु हिलती है तो उस हिलने में ध्वनि पैदा होती है । परम धाम का शब्द मधुर व सूक्ष्म होता है । जैसे आरती के समय साधक का आत्मा बाहर सूक्ष्म लोक लोकान्तरों के नाद भी सुन सकता है । इन नादों में सतालता होती है । चांदआदि के हिलने से भी नाद होता है जो एकाग्रता में सुना जा सकता है । आकाश के कई सूक्ष्म स्तर हैं । इन में से ऊंचे स्तारों पर जो आरती होती होगी वह कितनी मधुर होती होगी । सूक्ष्म लोक जिसे आत्म पद कहते हैं वहां सिद्ध लोग हैं । वहां से वाणी स्फुरित होती होगी वह कितनी रसमयी और मधुर होगी । वह उच्च पद का नाद एक बार जो सुनाई दे जावे तो सारा जीवन स्मरण रहता है ।

मन में जो अन्दर चिंतन होता है वह मध्यमा वाणी है । मनुष्य वैखरणी वाणी से बोलते हैं, देवता पश्यंती से बोलते हैं । जिसने पश्यंती को जाना वह देव पद पर आ गया । उसमें देवी भाव स्फुरित हो गए । रागों के सात सुर वैखरणी वाणी के शब्द हैं । पुरुष इन से मध्यमा में जाता है । वही आगे पश्यंती और परा में ले जायेगी । वाणी में ही जगत पियोया हुआ है

। परा और वैखरणी एक वाणी के दो सिरे हैं । यही अन्दर ले जाती है । यही मन्त्र का रहस्य है । शब्द का, नाम का, मन्त्र का यह बल है । शब्दमय ही यह जगत है । जहां से पहले शब्द स्फुरित हुआ था उस समय धाम तक शब्द ले जाता है । जो हम नाम जप करते हैं उसका यही रहस्य है ।

चौधरी देवीलाल(जन्म - 25 सितम्बर 1914; मृत्यु-6 अप्रैल 2001)

एक भारतीय राजनीतिज्ञ, भारतीय स्वतंत्रता आंदोलन, स्वतंत्रता सेनानी, हरियाणा राज्य के मुख्यमंत्री और **भारत के उप प्रधानमंत्री** थे।

आपातकाल के लिए उनके लगातार विरोध के लिए, उन्हें शेर-ए-हरियाणा (हरियाणा का शेर) कहा जाने लगा।

चौधरी देवीलाल ग्रामीण और कृषि हितों के लिए एक प्रमुख वकील के रूप में उभरे, हरियाणा की राजनीति में उनकी जमीनी अपील के लिए उन्हें "ताऊ" (बड़े चाचा) उपनाम मिला।

वे दो बार हरियाणा के मुख्यमंत्री बने (1977-1979 और 1987-1989) और 1966 में हरियाणा राज्य के गठन में महत्वपूर्ण भूमिका निभाई, जो 1 नवंबर 1966 को लागू हुई।

उन्होंने 1996 में भारतीय राष्ट्रीय लोक दल (आईएनएलडी) की स्थापना की।

भारत के उप प्रधान मंत्री

1989 के संसदीय चुनाव में, वे एक साथ राजस्थान के सीकर और हरियाणा के रोहतक से चुने गए थे । वह दो बार क्रमशः वीपी सिंह और चन्द्रशेखर के नेतृत्व वाली दो अलग-अलग सरकारों में भारत के उप प्रधान मंत्री बने। वह अगस्त, 1998 में राज्यसभा के लिए चुने गए।

मिशन और योगदान

चौधरी देवीलाल के जीवन का मिशन भारत और सभी भारतीयों के लिए सभी समावेशी विकास था, जिसे अपने शब्दों में संक्षेप में प्रस्तुत किया जा सकता है:

हर खेत को पानी, हर हाथ को काम;

हर तन को कपड़े, हर सर पे मकान;

हर पेट को रोटी, बाकि सब बात खोटी।

चौधरी बंसीलाल(जन्म- 26 अगस्त, 1927; मृत्यु- 28 मार्च, 2006)

चौधरी बंसीलाल आजादी से पहले से ही राजनीति में सक्रिय थे। सन 1943-44 में लोहारू प्रजा मंडल के सेक्रेटरी थे।

चौधरी बंसीलाल 7 बार हरियाणा विधानसभा से चुने गए। 1968 में वे पहली बार हरियाणा के मुख्यमंत्री बने। वे भगवत दयाल शर्मा एवं राव बीरेंद्र सिंह के बाद हरियाणा के तीसरे मुख्यमंत्री थे। उनके कार्यकाल में हरियाणा अपने सभी गाँवों में बिजली पहुंचाने वाला देश में पहला प्रदेश बना। देश के कुछ गाँवों में आज तक बिजली नहीं पहुंची है वहीं हरियाणा के गाँवों में चौधरी बंसीलाल ने 1970 में बिजली पहुँचा दी थी। हरियाणा के गाँवों में सिंचाई

का पानी लाने का श्रेय भी बंसीलाल को ही जाता है।

सन 1972 में वे दोबारा हरियाणा के मुख्यमंत्री बने ।

सन 1975 में उन्हें भारत के रक्षामंत्री बनाया गया। आपातकाल के दौरान वे संजय गांधी के विश्वसनीय माने जाते थे। बंसीलाल को आपातकाल के लिये गए बहुत से विवादस्पद निर्णयो के लिये जिम्मेदार माना जाता है। सन 1984 में वे रेलवे मंत्री भी बने।

सन 1986 में वे एक साल के लिये फिर हरियाणा के मुख्यमंत्री बने।

सन 1996 में उन्होंने कांग्रेस से अलग होकर हरियाणा विकास पार्टी बनाई और सन 1997 में बीजेपी गठबंधन के साथ हरियाणा में शराबबंदी के वादे के साथ सरकार बनाई। प्रदेश में शराब बंदी पूर्ण रूप से असफल रही। जुलाई 99 में बीजेपी ने अपना समर्थन इनलो को देकर सरकार गिरा दी। 2005 में हविपा का कांग्रेस में विलय हो गया।

भजनलाल (जन्म- 6 अक्टूबर 1930; मृत्यु-3 जून 2011) एक राजनीतिज्ञ और भारतीय राज्य हरियाणा के तीन बार मुख्यमंत्री रहे। वे पहली बार 1979 में मुख्यमंत्री बने, 1982 में फिर से चुने गए और 1991 में चुनाव जीतकर तीसरी बार मुख्यमंत्री बने। उन्होंने राजीव गांधी सरकार में कृषि मंत्री और पर्यावरण एवं वन मंत्री के रूप में भी कार्य किया।

मनोहरलाल खट्टर (जन्म: 5 मई 1954) भारत के हरियाणा राज्य के पूर्व मुख्यमंत्री रह चुके हैं। 26 अक्टूबर 2014 को उन्होंने हरियाणा के 10वें मुख्यमंत्री के रूप में शपथ ग्रहण की और 12 मार्च 2024 को त्यागपत्र दिया।

मनोहरलाल खट्टर एक भारतीय राजनीतिज्ञ हैं जो जून 2024 से केंद्र की मोदी सरकार में ऊर्जा मंत्री और आवास और शहरी मामलों के मंत्री के रूप में कार्यरत हैं । वे भारतीय जनता पार्टी के एक प्रमुख नेता हैं और उन्होंने 26 अक्टूबर 2014 से 12 मार्च 2024 को अपने इस्तीफे तक हरियाणा के 10वें मुख्यमंत्री के रूप में कार्य किया।

गयालाल विधायक

कौन विधायक जी थे 'आयाराम-गयाराम' के जनक ?

आयाराम का मुहावरा दलबदल के पर्याय के रूप में सन1967 में तब मशहूर हुआ जब हरियाणा की हसनपुर (सुरक्षित) विधानसभा से निर्दलीय विधायक गयालाल (Gaya Lal) ने एक ही दिन में चार बार पार्टी बदली। यह अपने आप में एक रिकॉर्ड था। इसके साथ ही भारतीय राजनीति में इस मुहावरे ने जगह बना ली। गयालाल के बेटे उदयभान हरियाणा की होडल विधानसभा सीट से कांग्रेस के विधायक रहे हैं। अब वह प्रदेश कांग्रेस के अध्यक्ष भी हैं।

चेतीलाल वर्मा

चेतीलाल वर्मा (जाट गोत्र नौहवार) का जन्म 2 जून, सन 1921 को गांव छज्जूनगर, तहसील पलवल जिला फरीदाबाद (वर्तमान जिला – पलवल) हरियाणा में हुआ था। इनके पिताजी चौधरी हीरालाल अंग्रेजी शासन में जैलदार थे। इनकी माताजी श्रीमती बोहती देवी धार्मिक विचारों की कुलवंती महिला थीं। जो रावत गौत्रीय थीं।

आजादी के कुछ दिन पूर्व इनके एक मित्र लाहौर से कलकत्ता आए थे, किन्तु अचानक भारत विभाजन की घोषणा होने के कारण वापस लाहौर जाने में असमर्थ थे। इसी कारण वे आर्थिक संकट में फंस गए। उनके बुलाने पर वर्माजी पहली बार 1947 में कलकत्ता गए, परंतु वहां उनके मित्र दुर्घटना ग्रस्त हो गए और अस्पताल में 6 महीने उनके इलाज में लगे। ऐसे संकट की स्थिति में उनकी व उनके परिवार की पूरी देखभाल वर्माजी ने की। खर्चा चलाने के लिए पूंजी न होने के कारण बाजार से मशीन इत्यादि लेकर ग्राहकों को बेचने का काम शुरू किया।

प्रथम छ: माह में करीब 50,000 रुपये की बचत हुई। जब इनके मित्र ठीक हो गए तो युवा चेतीलाल व्यापार छोड़कर वापस घर लौट आए, परंतु पुन: मित्र इनके गांव आए और इनके पिताजी की स्वीकृति से इन्हें कलकत्ता ले गए। यहीं से इनमें व्यापार का मार्ग प्रशस्त हुआ। सन 1952 में इनके पिताश्री ने इन्हें क्षेत्रीय राजनीति हेतु बुलाया, परंतु मित्र ने इन्हें वापस नहीं आने दिया। फलस्वरूप इनके लिए व्यापार ही एकमात्र मार्ग बचा।

तत्पश्चात इन्होनें सरकारी सप्लाई का काम ले लिया और बड़ी–बड़ी मशीनों की सप्लाई का ठेका लेना शुरू कर दिया, व्यापार का आधार बढ़ता गया और विश्वसनीय हिस्सेदार भी मिलते गए। दूसरे देशों से आयात के साथ सन 1960 में कंस्ट्रक्सन का कान भी आसाम में शुरू कर दिया। देश के अनेक प्रान्तों में बड़े-बड़े ठेके लेने लगे।

उपरोक्त वर्णित महापुरुषों के जीवन परिचय के साथ उनके व्यक्तित्व, कृतत्व को उल्लेखित किया गया, जिससे यह जानकारी एक प्रेरणादायी बनी रहे, बस यही अपेक्षा है।

1

चौधरी देवीलाल

चौधरी देवीलाल

चौधरी देवीलाल (जन्म - 25 सितंबर 1914; मृत्यु 6 अप्रैल 2001)

https://www.jatland.com/w/
images/thumb/f/fa/
Devilal_as_a_youngman.jpg/300px-
Devilal_as_a_youngman.jpg

चौधरी देवीलाल – (युवावस्था में)

चौधरी देवीलाल (25 सितम्बर 1914-6 अप्रैल 2001) एक भारतीय राजनीतिज्ञ, भारतीय स्वतंत्रता आंदोलन, स्वतंत्रता सेनानी, हरियाणा राज्य के मुख्यमंत्री और भारत के उप प्रधानमंत्री थे। उनका जन्म हरियाणा के सिरसा जिले के तेजा खेरा गांव में 25 सितंबर 1914 को एक जाट हिंदू परिवार में हुआ था। उनकी माता का नाम शुगना देवी और पिता का नाम चौधरी लेखराम था । उनके बेटे ओम प्रकाश चौटाला भी हरियाणा के पूर्व मुख्यमंत्रियों में से एक रहे हैं । वह तेजा खेरा में सिहाग गोत्र के एक जाट हिंदू परिवार से थे हरियाणा में सिरसा जिले का गाँव।

चौधरी लेखराम चौटाला गाँव के एक धनी जाट जमींदार थे और उनके पास 2750 बीघा जमीन थी।

चौधरी देवी लाल, जिनका मूल नाम देवी दयाल था, ने मध्य तक शिक्षा प्राप्त की और बादल गाँव (पंजाब) के एक 'अखाड़े' में एक पहलवान के रूप में भी प्रशिक्षण प्राप्त किया।

राष्ट्रीय लोक दल, हरियाणा में मुख्य विपक्षी दल चौधरी देवी लाल के सिद्धांतों का पालन करता है।

स्वतंत्रता संग्राम

https://www.jatland.com/w/images/thumb/ 7/70/Devilal_memorial_Dabwali.jpg/300px- Devilal_memorial_Dabwali.jpg

चौधरी देवीलाल मेमोरियल डबवाली

महात्मा गांधी के आह्वान पर, उन्होंने और उनके बड़े भाई चौधरी साहिब राम ने स्वतंत्रता आंदोलन में भाग लेने के लिए अपनी पढ़ाई छोड़ दी। नमक आंदोलन में भाग लेने के लिए चौधरी देवीलाल को एक वर्ष के सश्रम कारावास की सजा सुनाई गई और 8 अक्टूबर, 1930 को हिसार जेल भेज दिया गया। उन्होंने 1932 के आंदोलन में भाग लिया और उन्हें सदर दिल्ली थाने में रखा गया। 1938 में उन्हें अखिल भारतीय कांग्रेस कमेटी का प्रतिनिधि चुना गया। मार्च 1938 में उनके बड़े भाई चौधरी साहिब राम कांग्रेस पार्टी के टिकट पर उपचुनाव में विधायक चुने गए थे। जनवरी, 1940 में चौधरी साहिब राम ने चौधरी की उपस्थिति में 'सत्याग्रही' के रूप में गिरफ्तारी दी। देवीलाल और दस हजार से अधिक लोग। उन पर 100 रुपये का जुर्माना लगाया गया और 9 महीने के कारावास की सजा सुनाई गई।

चौधरी देवीलाल को 5 अक्टूबर, 1942 को भारत छोड़ो आंदोलन में भाग लेने के कारण गिरफ्तार किया गया था और उन्हें 2 साल के लिए जेल में रखने की सजा दी गई थी। 1942 में, चौधरी लेखराम के दोनों बेटे चौधरी साहिब राम और चौधरी देवीलाल, स्वतंत्रता संग्राम में भाग लेने के कारण मुल्तान जेल में थे। चौधरी देवी लाल को अक्टूबर 1943 में जेल से रिहा किया गया और उन्हें अपने बड़े भाई चौधरी साहिब राम पैरोल पर रिहा। अगस्त 1944 में,सर छोटू राम तत्कालीन राजस्व मंत्री पंजाब ने चौटाला गाँव का दौरा किया। उन्होंने

लाजपत राय अलखपुरा के साथ मिलकर दोनों चौधरी को लुभाने के प्रयास किए। चौधरी साहिब राम और चौधरी देवी लाल को कांग्रेस में छोड़ देना और संघवादी पार्टी में शामिल होना। लेकिन दोनों भाइयों ने, स्वतंत्रता सेनानियों और कांग्रेस के लोगों को समर्पित करते हुए, कांग्रेस पार्टी को छोड़ने से इनकार कर दिया। आजादी के बाद, चौधरी देवीलाल ने एक किसान आंदोलन शुरू किया और 500 कार्यकर्ताओं के साथ गिरफ्तार किया गया। कुछ समय बाद, तत्कालीन मुख्यमंत्री डॉ. गोपी चंद भार्गव ने एक समझौता किया और मुज़ारा एक्ट में संशोधन किया गया। वह 1952 में पंजाब विधानसभा के सदस्य चुने गए, 1956 में पंजाब के कांग्रेस अध्यक्ष।

चौधरी देवीलाल और उनके बड़े भाई चौधरी साहिब राम सच्चे गांधीवादी और स्वतंत्रता सेनानी थे। उन्होंने ब्रिटिश शासन के खिलाफ लड़ाई लड़ी और स्वतंत्रता आंदोलन में महत्वपूर्ण भूमिका निभाई। आजादी के बाद, चौधरी देवीलाल पूरे भारत में किसानों के नेता के रूप में उभरे। हरियाणा के मुख्यमंत्री के रूप में अपने दो कार्यकालों के दौरान, उन्होंने किसानों और ग्रामीण लोगों को लाभ पहुंचाने वाले कई फैसले किए। उन्होंने हमेशा आम जनता की बेहतरी के लिए फैसले लिए।

ताऊ देवीलाल

हरियाणा में लोग उन्हें "ताऊ देवीलाल" के नाम से पुकारते थे। किसानों और ग्रामीण लोगों के बीच उनकी लोकप्रियता ने उन्हें ' ताऊ' (एल्डर अंकल) की उपाधि दी।

ताऊ को प्रधानमंत्री का पद दिया जा रहा था लेकिन उन्होंने यह कहते हुए प्रधानमंत्री का पद ठुकरा दिया था कि मैं सबसे बुजुर्ग हूँ। मुझे सब ताऊ कहते है। मुझे ताऊ बने रहना ही पसंद है। इसके बाद उन्होंने यह पद विश्वनाथ प्रताप सिंह को सौंप दिया था।

किंग मेकर की भूमिका

ताऊ देवीलाल आजादी की लड़ाई में भी कूदे थे। महात्मा गाँधी की आह्वान पर देश की लड़ाई में देवीलाल ने लाला लाजपत राय के साथ प्रदर्शनों में हिस्सा लिया। 1952 में कांग्रेस के टिकट पर वे पहली बार विधायक बने। इसके बाद देवीलाल का इमरजेंसी के दौरान कांग्रेस से मोहभंग हो गया था। वह जनता पार्टी में शामिल हो गए। चंडीगढ़ से लेकर दिल्ली तक सत्ता के गलियारों में उनकी धाक बनी रही। खासतौर से 1987 से लेकर 1991 तक भारतीय राजनीति में वह किंग मेकर की भूमिका में रहे।

जननायक थे ताऊ देवीलाल

ताऊ देवीलाल जमीनी पकड़ वाले नेताओं में शुमार किए जाते हैं। ग्रामीण जनता से हमेशा उनका हमेशा संपर्क बना रहा। अचानक से किसी गांव में पहुंचकर भोजन करना, हुक्का पीते हुए ठेठ गंवई अंदाज में लोगों से बातचीत ने उन्हें जननायक का दर्जा दिलाया था।

हरियाणा के संस्थापक

चौधरी देवीलाल

चौधरी देवीलाल

चौधरी देवी लाल ने एक अलग राज्य के रूप में हरियाणा के गठन में सक्रिय और निर्णायक भूमिका निभाई, जो 1 नवंबर 1966 को लागू हुई। इससे पहले 1958 में, वह पंजाब विधानसभा में सिरसा से चुने गए थे। वह हरियाणा खादी और ग्रामोद्योग बोर्ड के संस्थापक अध्यक्ष थे।

1971 में, चौधरी देवीलाल ने कांग्रेस पार्टी छोड़ दी, जिसमें से वे 39 वर्षों तक सदस्य रहे। वह 1974 में रोरी निर्वाचन क्षेत्र से कांग्रेस के उम्मीदवार को हराकर विधायक चुने गए थे। जून 1975 में, इंदिरा गांधी ने आंतरिक आपातकाल लगाने की घोषणा की, और चौधरी देवीलाल को सभी विपक्षी नेताओं के साथ जेल भेज दिया गया। उन्होंने हिसार, रोहतक और महेंद्रगढ़ जेलों में 19 महीने बिताए। जनवरी 1977 में, आंतरिक आपातकाल हटा लिया गया और आम चुनाव पहले (मार्च 1977) संसद के लिए और फिर उसी वर्ष, राज्य विधानसभा (विधानसभा) के लिए आयोजित किए गए। वह जून 1977 में जनता पार्टी के टिकट पर विधायक के रूप में चुने गए और हरियाणा के मुख्यमंत्री बने। आपातकाल के लिए उनके लगातार विरोध के लिए, उन्हें शेर-ए-हरियाणा (हरियाणा का शेर) कहा जाने लगा।

वह 1980 से 1982 तक संसद (लोकसभा) के सदस्य रहे और 1982-1987 तक राज्य विधानसभा के सदस्य रहे। उन्होंने लोकदल का गठन किया और 'हरियाणा संघर्ष समिति' के तहत न्याय यात्रा शुरू की और जनता के बीच बहुत लोकप्रिय हो गए। 1987 के राज्य

विधानसभा चुनावों में, गठबंधन ने चौधरी देवीलाल ने 90 सदस्यीय सदन में 85 सीटें जीतकर रिकॉर्ड जीत हासिल की। राज्य में कांग्रेस की जड़ थी, केवल 5 सीटें जीतकर। चौधरी देवीलाल 1987 में दूसरी बार हरियाणा के मुख्यमंत्री बने।

हरियाणा खादी और ग्रामोद्योग बोर्ड ने सम्मान पाने के लिए उनके नाम पर एक पुरस्कार शुरू किया, लेकिन अब, खादी बोर्ड शायद अपना नाम और यह पुरस्कार भूल गया, अब राष्ट्रीय खादी और ग्रामोद्योग बोर्ड कर्मचारी महासंघ - जो सभी केवीआईबी के कर्मचारी संघ का एक सर्वोच्च निकाय है, इस पुरस्कार को बहाल करने का निर्णय लिया गया है।

मुख्यमंत्री हरियाणा चौधरी देवीलाल हरियाणा के (21 जून 1977 से 10 मई 1978), (10 मई 1978 से 28 जून 1979), (20 जून 1987 से 2 दिसंबर 1989) मुख्यमंत्री रहे।

भारत के उप प्रधान मंत्री

1989 के संसदीय चुनाव में, वे एक साथ राजस्थान के सीकर और हरियाणा के रोहतक से चुने गए थे । वह दो बार (19 अक्टूबर 1989 से 21 जून 1991 तक) क्रमशः वीपी सिंह और चन्द्र शेखर के नेतृत्व वाली दो अलग-अलग सरकारों में भारत के उप प्रधान मंत्री बने। उप प्रधानमंत्री बनने के बाद का दौर चौधरी देवीलाल के लिए बहुत खराब रहा। उसके बाद हुए तीन लोकसभा चुनावों सन 1991, 1996 और 1998 में चौधरी देवीलाल हरियाणा की रोहतक सीट से खड़े हुए लेकिन भूपेन्द्र सिंह हुड्डा से तीनों चुनाव हार गए। आखिर में उनके पुत्र ओम प्रकाश चौटाला ने 1998 में उन्हें राज्य सभा का सदस्य बनवा दिया और राज्य सभा का सदस्य रहते हुए ही 6 अप्रैल 2001 को वह स्वर्ग सिधार गए।

मिशन और योगदान

चौधरी देवीलाल के जीवन का मिशन भारत और सभी भारतीयों के लिए सभी समावेशी विकास था, जिसे अपने शब्दों में संक्षेप में प्रस्तुत किया जा सकता है:

हर खेत को पानी, हर हाथ को काम;

हर तन को कपड़े, हर सर पे मकान;

हर पेट को रोटी, बाकि सब बात खोटी।

- तत्कालीन पंजाब के उपेक्षित क्षेत्र के लोगों में सुधार लाने के लिए, उन्होंने अलग हरियाणा राज्य के गठन के लिए लगातार संघर्ष किया।

- महान सामाजिक दृष्टि - वृद्धावस्था पेंशन और बड़ों के लिए सम्मान। उन्होंने इसे पहली बार हरियाणा में बड़े पैमाने पर शुरू किया। अब भारत और केंद्र सरकार के सभी राज्य जननायक द्वारा की गई इस क्रांतिकारी पहल का अनुसरण कर रहे हैं।

- पहली बार भूमि मुआवजा बढ़ाएँ। उन्होंने केंद्र और राज्य में नौकरशाही के विरोध के बावजूद भारतीय इतिहास में पहली बार हुडा (HUDA) द्वारा प्रति किला (5 बीघा) के लिए Rs.23 लाख प्रति किला (प्रति किला) के लिए Rs.80,000 / - से भूमि मुआवजा बढ़ाया। तत्कालीन राजनीतिक दलों ने भी उन्हें ऐसा न करने की चेतावनी दी थी, लेकिन

उन्होंने अपनी दृष्टि को लागू करके दिन को आगे बढ़ाया।

- अपनी बेटी की शादी की व्यवस्था के लिए एससी (अनुसूचित जाति) परिवार को सहायता।
- ग्रामीण क्षेत्रों में स्कूल या कॉलेज खोलने जैसे सामुदायिक कार्य को पूरा करने के लिए राज्य सरकार से डबल या ट्रिपल मैचिंग अनुदान की योजना शुरू की।
- **भ्रष्टाचार के खिलफ दिया था नारा – "तख़्त बदल दो, ताज बदल दो, बेईमानों का राज बदल दो"** - चौधरी देवीलाल 1989 के लोकसभा चुनाव में राजनीति की धुरी रहे । ताऊ ने वीपी सिंह के साथ देशभर में यात्राएं कीं और जनसभा कर लोगों के बीच पहुंचे। इस दौरान राजस्थान के अलवर जिले के बहरोड़ में तीन बजे उनकी सभा होनी थी। लेकिन ताऊ रात दस बजे तक नहीं आए। इतना समय बीत जाने के बाद भी लोग मैदान में डटे रहे। इसके बाद जब वे मंच पर आए तो छा गए। इस दौरान ताऊ ने नारा लगवाया, **"तख़्त बदल दो, ताज बदल दो, बेईमानों का राज बदल दो"**। यह भ्रष्टाचार के खिलाफ उनकी लड़ाई में अहम हथियार बना।

वह दूर चला जाता है ("संघर्ष घाट" दिल्ली)

चौधरी देवीलाल का निधन 6 अप्रैल, 2001 को हुआ था और किसान घाट (नई दिल्ली) में उनका अंतिम संस्कार किया गया था, जहाँ पर एक और किसान नेता - चौधरी चरण सिंह को आग की लपटों के लिए भस्म कर दिया गया था। उनके निधन ने भारतीय राजनीति में एक शून्य छोड़ दिया जिसे कभी नहीं भरा जा सकता है। उनकी समाधि "संघर्ष घाट" के नाम से दिल्ली में है।

उसके परिवार के बारे में

- ओमप्रकाश चौटाला (जन्म - 1 जनवरी 1935; मृत्यु - 20 दिसंबर 2024) - देवीलाल के पुत्र भी हरियाणा के पूर्व मुख्यमंत्री हैं और वर्तमान में विपक्ष के नेता और इनेलो अध्यक्ष रहे हैं।
- प्रताप सिंह चौटाला (जन्म 1940 - मृत्यु 1 जून 2014,74 वर्ष) पूर्व विधायक, हरियाणा; देवीलाल के पुत्र हैं।
- रणजीत सिंह चौटाला (जन्म - 18 मई 1945), पूर्व मंत्री, हरियाणा सरकार चौधरी देवीलाल के पुत्र हैं।
- डॉ. अजय सिंह चौटाला (जन्म – 13 मार्च 1961), (ओम प्रकाश चौटाला के बड़े बेटे) चौधरी देवी लाल के पोते हैं और राजस्थान विधानसभा के तीन बार विधायक हैं, एक बार सांसद और एक-एक राज्यसभा और वर्तमान में हरियाणा विधानसभा में डबवाली विधानसभा क्षेत्र के रूप में एक विधायक। वह कई सामाजिक और खेल संगठनों के साथ सक्रिय रूप से जुड़ा हुआ है; और आईएनएलडी (INLD) के महासचिव हैं।

- खेलरत्न अभय सिंह चौटाला (जन्म 14 फरवरी 1963), ओम प्रकाश चौटाला के छोटे बेटे, चौधरी देवीलाल के पोते, दूसरी बार हरियाणा विधानसभा के विधायक हैं। वह शिक्षा के प्रसार और खेलों को बढ़ावा देने में गहरी रुचि रखते हैं। वह भारतीय ओलंपिक संघ के उपाध्यक्ष भी हैं। इनके पुत्र अर्जुन सिंह चौटाला और करण सिंह चौटाला हैं।

- दुष्यंत चौटाला (जन्म – 3 अप्रैल 1988), अजय सिंह चौटाला के पुत्र हैं। वह एक भारतीय राजनीतिज्ञ तथा पूर्व हरियाणा उप मुख्यमंत्री (2019-2024) रहे हैं। वे जननायक जनता पार्टी के राजनेता हैं। वे 2014 के आम चुनावों में हरियाणा के हिसार से लोकसभा के लिए निर्वाचित हुए हैं। 26 वर्ष की आयु में दुष्यंत सबसे युवा सांसद हैं। आपकी शादी मेघना चौटाला से 18 अप्रैल 2017 में हुई।

- दिग्विजय सिंह चौटाला (जन्म – 1989), दुष्यंत चौटाला के छोटे भाई हैं।

- श्रीमती नैना चौटाला (जन्म 15 अक्टूबर 1966) पुत्री चौधरी भीम सिंह गोदारा तथा पत्नी डॉ. अजय सिंह चौटाला और दुष्यंत चौटाला और दिग्विजय सिंह चौटाला की माताजी हैं। चौटाला परिवार की आप पहली महिला हैं जो 2 बार विधायक (डबवाली जिला सिरसा – 2014 तथा बधरा जिला चरखी दादरी) निर्वाचित हुई हैं।

डाक टिकट

चौधरी देवीलाल पर डाक टिकट

चौधरी देवीलाल पर डाक टिकट

भारतीय डाक विभाग ने चौधरी देवी लाल के सम्मान में 25.09.2001 को एक स्मारक डाक खेटिकट जारी किया है। मूल्य 4.00 .

समाधि

इस महान " **धरतीपुत्र** " की समाधि का नाम किसान घाट नहीं है, बल्कि " **संघर्ष स्थल** " है, क्योंकि उन्होंने अपने पूरे जीवन में किसान समुदाय के उत्थान के लिए संघर्ष किया। जैसा कि उनका जुनून संघर्ष था यानी स्ट्रगल। हरियाणा में लोग उन्हें "ताऊ देवीलाल" के नाम से पुकारते थे।

2

चौधरी बंसीलाल

चौधरी बंसीलाल

चौधरी बंसीलाल (जन्म- 26 अगस्त, 1927; मृत्यु- 28 मार्च, 2006)

चौधरी बंसीलाल (जन्म- 26 अगस्त, 1927; मृत्यु- 28 मार्च, 2006)

चौधरी बंसीलाल; हरियाणा के भिवानी जिले के गोलागढ़ गांव के जाट परिवार में जन्मे इस हरियाणा के कद्दावर नेता को आज भी लोग सम्म्मान के साथ याद करते हैं। चौधरी बंसीलाल का जन्म चौधरी हरियाणा के भिवानी ज़िले में एक तत्कालीन लोहारू रियासत में

एक सम्पन्न परिवार में हुआ था। चौधरी बंसीलाल के पिता बच्चों की अधिक शिक्षा के पक्ष में नहीं थे। इसीलिए थोड़ी आरम्भिक शिक्षा के बाद 14 वर्ष की उम्र में ही चौधरी बंसीलाल को अनाज के व्यापार में जोत दिया गया। पिता की अनुमति न मिलने पर भी बंसीलाल ने अध्ययन जारी रखा और 1952 तक प्राइवेट परीक्षाएँ देते हुए बी.ए. पास कर लिया। फिर उन्होंने 1956 में पंजाब विश्वविद्यालय से क़ानून की डिग्री ले ली। भिवानी में वकालत करते हुए बंसीलाल पिछड़े हुए किसानों के नेता बन गए। चौधरी बंसीलाल ने कांग्रेस की अनेक स्थानीय समितियों में भी स्थान बना लिया और 31 मई 1968 को वह 41 वर्ष की आयु में सबसे कम उम्र के राज्य के मुख्यमंत्री बने, उस समय किसी ने भी, यहां तक कि उनके राजनितिक गुरुओं ने भी कल्पना नहीं की कि वह देश के सबसे शक्तिशाली राजनेताओं में से एक बन के उभरेंगे। उन्होंने हरियाणा के राजनीतिक परिदृश्य पर इतना ज्यादा प्रभाव डाला था कि वह समय समय पर नीचे जरूर जाते पर हरियाणा की राजनीती से कभी बहार नहीं हुए।

चौधरी बंसीलाल जी के राजनीतिक जीवन को तीन चरणों में सारांशित किया जाता है। अपने मुख्यमंत्री बनने के शुरुआती दिनों में ही उन्होंने राज्य के विकास, गांव गांव बिजली और सड़कों का जाल बिछाने में अपना पूरा योगदान दिया। वह विकास में बुनियादी ढांचे के महत्व को समझने वाले पहले व्यक्ति थे। इसमें कोई आश्चर्य नहीं कि हरियाणा आज गोवा में प्रति व्यक्ति आय के बाद दूसरे स्थान पर है। बेशक, दिल्ली से इसकी निकटता ने भी मदद की पर इस गुनी नेता ने हरियाणा की नीव बिछाने का काम बहुत पहले ही शुरू कर दिए था। राजनीतिक नतीजे चाहे जो भी हों, अगर उन्होंने सोचा कि कोई चीज उनके राज्य के हित में हैं तो चार बार हरियाणा के मुख्यमंत्री रहे इस नेता ने अप्रिय निर्णय लेने से संकोच भी कभी नहीं किया।

उनके राजनीतिक जीवन के दूसरे चरण में केंद्र सरकार में उनकी भूमिका रही। राजनीतिक लक्ष्यों को प्राप्त करने के लिए उनके कड़े व सटीक तरीकों ने उन्हें सबसे पहले इंदिरा गांधी और बाद में संजय गांधी के करीब ला खड़ा किआ। केंद्र में एक मंत्री के रूप में उनकी भूमिका के बारे में लिखने के लिए बहुत ज़्यादा नहीं है, वहां उन्हें सिर्फ एक गाँधी परिवार के करीबी के रूप में पहचान मिली, जो हमेशा गाँधी परिवार के ठीक या गलत दोनों ही फैसलों में साथ खड़े दिखाई दिए. वह और संजय गांधी हमेशा आपातकाल राज में हुए कामों से जुड़े रहेंगे। बाद में राजीव गांधी के साथ खराब होते हुए रिश्तों की वजह से राज्य की सक्रिय राजनीति में लौटे।

मुख्यमंत्री के रूप में अपने आखिरी कार्यकाल के दौरान, चौधरी बंसीलाल ने 1996 में हरियाणा में शराब पर प्रतिबंध लगाकर सार्वजनिक क्रोध का सामना करना पड़ा । इसके मूल्य का भुगतान भी करना पड़ा और वे अगले बार हुए चुनाव में हार गए । ये उनका आखिरी चुनाव भी साबित हुआ क्यूंकि उन्होंने अपनी पार्टी का विलय कांग्रेस में करते हुए राजनितिक जीवन से सन्यास ले लिए व राजनीती में अपनी संतान को आगे बढ़ाया। एक

हेलीकॉप्टर दुर्घटना में उनके बेटे सुरेंद्र सिंह की अचानक मौत हो गई थी, जिस से न केवल उनकी राजनीतिक गणना में बल्कि उनके स्वास्थ्य में भी बड़ा झटका लगा। उनके कुछ दोषों अवदोषों को दूर रख दें तो, चौधरी बंसीलाल

हरियाणा के इतिहास में एक विकास पुरुष के रूप में सदैव जाने जाएंगे, जो विषम परिस्थितिओं में भी कड़े फैसले लेने से कभी नहीं चुके।

चौधरी बंसीलाल आजादी से पहले से ही राजनीति में सक्रिय थे। 1943-44 में लोहारू प्रजा मंडल के सेक्रेटरी थे।

मुख्यमंत्री कार्यकाल (21 मई 1968 से 14 मार्च 1972), (14 मार्च 1972 से 1 दिसंबर 1975) (5 जून 1987 से 20 जून 1987), (11 मई 1996 से 24 जुलाई 1999),

चौधरी बंसीलाल 7 बार हरियाणा विधानसभा से चुने गए। 1968 में वे पहली बार हरियाणा के मुख्यमंत्री बने। वे भगवत दयाल शर्मा एवं राव बीरेंद्र सिंह के बाद हरियाणा के तीसरे मुख्यमंत्री थे। उनके कार्यकाल में हरियाणा अपने सभी गाँवों में बिजली पहुंचाने वाला देश में पहला प्रदेश बना। देश के कुछ गाँवों में आज तक बिजली नहीं पहुंची है वहीं हरियाणा के गाँवों में चौधरी बंसीलाल ने सन 1970 में बिजली पहुँचा दी थी। हरियाणा के गाँवों में सिंचाई का पानी लाने का श्रेय भी चौधरी बंसीलाल को ही जाता है।

सन 1972 में वे दोबारा हरियाणा के मुख्यमंत्री बने।

सन 1975 में उन्हें भारत के रक्षामंत्री बनाया गया। आपातकाल के दौरान वे संजय गांधी के विश्वसनीय माने जाते थे। चौधरी बंसीलाल को आपातकाल के लिये गए बहुत से विवादस्पद निर्णयो के लिये जिम्मेदार माना जाता है। सन 1984 में वे रेलवे मंत्री भी बने।

सन 1987 में वे कुछ समय के लिये फिर हरियाणा के मुख्यमंत्री बने।

सन 1996 में 11मई से 24 जुलाई 1999 तक हरियाणा के मुख्यमंत्री रहे।

सन 1996 में उन्होंने कांग्रेस से अलग होकर हरियाणा विकास पार्टी बनाई और सन 1997 में बीजेपी गठबंधन के साथ हरियाणा में शराबबंदी के वादे के साथ सरकार बनाई। प्रदेश में शराब बंदी पूर्ण रूप से असफल रही। जुलाई 99 में बीजेपी ने अपना समर्थन इनलो को देकर सरकार गिरा दी। 2005 में हविपा का कांग्रेस में विलय हो गया।

सन 2005 में उनके पुत्र और राजनैतिक उत्तराधिकारी सुरेन्द्र सिंह की हवाई दुर्घटना में मौत हो जाने से वे टूट गए और 28 मार्च 2006 को उनका भी निधन हो गया।

चौधरी बंसीलाल की 28 मार्च 2006 को नई दिल्ली में मृत्यु हो गई। वे कुछ समय से बीमार थे।

चौधरी बंसीलाल के बड़े बेटे चौधरी रणबीर सिंह महेंद्र, बीसीसीआई (BCCI) के पूर्व अध्यक्ष हैं एवं चौधरी बंसीलाल के ज्येष्ठ पुत्र होने के नाते, उन्हें स्वाभाविक रूप से चौधरी बंसीलाल की राजनीतिक विरासत का उत्तराधिकारी देखा जाता है।

चौधरी बंसीलाल बहुत ही सख्त किस्म के इंसान थे। उनके किस्से आज भी गाँव देहात में सुन ने को मिल जाते हैं। भिवानी में लोग उन्हें बाऊ जी बुलाते थे। कोठी में उनका इतना

खौफ था कि जब वो बाहर निकलते थे तो वहा बैठे वर्कर कुण टोह्नी शुरू कर दिया करते। ऐसे अनाड़ी थे कि पड़ोस में खुद की पोती का ब्याह था पर खुद कन्यादान करने नहीं गए। एक बार जो फैसला ले लेते थे उससे पीछे नहीं हटते थे । सन 99 में सरकार जाने के बाद एक बार जींद में रैली करी थी विकास पार्टी ने, रैली से पहले सुरेंदर सिंह ने कहीं पत्रकारों से कह दिया कि अगर हमारी सरकार दुबारा आई तो हम बिजली के बिल मांफ कर देंगे, जब यह बात पत्रकारों ने चौधरी बंसीलाल से पूछी तो चौधरी साहब ने कहा कि ” सुरेंदर सी.एम. बनेगा तो कर देगा पर चौधरी बंसी लाल तो करे कोणी ” ।

बिजली के बिलों पर लोहारू बाढ़ड़ा में किसानो ने खूब बवाल मचाया, इन बिलों के चक्कर में चौधरी भजन लाल सरकार में कादमा काण्ड हुआ कई किसान शहीद हुए ...इस चक्कर में 96 में कांग्रेस बुरी तरह हार गई और विकास पार्टी की सरकार में आ गई ...चौधरी बसीलाल की सरकार बनने के बाद फिर यह बिलों वाला मुद्दा उठा तो चौधरी बंसी लाल ने बाढ़ड़ा में एक रैली में कहा की बिल भर देना नहीं तो मुझे भरवाने भी आते हैं ..ताहरे डोगे अर खंडुए झाड़िआं के टंगवा द्यूंगा नही भरे तो ....ऐसे बेबाक हरियाणवी नेता थे चौधरी बंसीलाल।

उन्हें भाषण बाजी कम ही पसंद थी, जैसा कि चौटाला साहब अपने भाषण में सबको इज्जत देते हैं चौधरी बंसी लाल जी इसके जम्मा उलटे थे ....एक बार सन 97 की बात है लोहारू में रैली थी.....उन्होंने चौटाला साहब पर एक व्यंग कसा कि इस चौटाला ने अपनी माँ के पेट में ते लिकड़न में 24 घंटे लगा दिए थे, इसकी माँ बहुत रोई ...इसकी माँ ने रोती देख दाई बोली के बावली इबे तो तू रोवे से आगे आगे इसने पूरा हरियाणा रोवेगा .....और आखिर में बोले के भाई शास्त्रों में लिखा हैं कि जिस राज्य का राजा अपंग हो वो राज्य विकास नहीं कर सकता उसका नास ही होगा, एक लंगड़ा से और दूसरा काणा (भजन लाल) से तो सोच समझ के फैसला करियो ....

ऐसे कई किस्से से चौधरी बंसी लाल जी के ....

तोशाम व भिवानी का इलाका और बंसीलाल एक दूसरे के पर्याय यूं ही नहीं बने, दोनों के बीच करीब चार दशक का गहरा राजनीतिक संबंध रहा। इस धरती से जीत कर बंसीलाल ने लगभग 12 साल प्रदेश की बागडोर संभाली। तोशाम विधानसभा से बंसीलाल कुल छह बार चुनाव लड़े और सभी जीते। वहां आज भी उनके नाम पे कई कॉलेज व पॉलिटेक्निक खोले गए हैं। इसके अलावा आज भी उनकी राजनितिक विरासत को बरक़रार रखते हुए बंसी लाल की पोती श्रुति चौधरी कांग्रेस से भिवानी की सांसद हैं।

3

भजन लाल

भजन लाल

भजन लाल (6 अक्टूबर 1930 - 3 जून 2011)

भजन लाल हरियाणा

भजन लाल (6 अक्टूबर 1930 - 3 जून 2011) एक राजनीतिज्ञ और भारतीय राज्य हरियाणा के तीन बार मुख्यमंत्री रहे। वे पहली बार 1979 में मुख्यमंत्री बने, 1982 में फिर से चुने गए और 1991 में चुनाव जीतकर तीसरी बार मुख्यमंत्री बने। उन्होंने राजीव गांधी सरकार में कृषि मंत्री और पर्यावरण एवं वन मंत्री के रूप में भी कार्य किया।

प्रारंभिक जीवन

भजन लाल का जन्म विश्नोई परिवार में हुआ था 6 अक्टूबर 1930 को ब्रिटिश भारत के बहावलपुर रियासत के कोरनवाली गाँव में , जो अब पाकिस्तान में है । उन्होंने बहावल नगर में अपनी औपचारिक शिक्षा प्राप्त की । लाल कठिन परिस्थितियों में रहते थे और उन्हें जीविका चलाने के लिए साइकिल पर अपना माल बेचना पड़ता था। उन्होंने जसमा देवी से विवाह किया, जिनसे उनके दो बेटे - चन्द्र मोहन विश्नोई और कुलदीप विश्नोई और एक बेटी, रोशनी थी।

विभाजन के बाद भजन लाल आदमपुर चले गए । 17 साल की उम्र में उन्होंने अपने गांव के बाजार में सामान खरीदना और बेचना शुरू कर दिया, उन्होंने जल्द ही पोखर मल के साथ साझेदारी में एक दुकान शुरू की जो एक स्थानीय व्यापारी था। वे दोनों कमीशन एजेंट (किसान और थोक व्यापारी के बीच मध्यस्थ) के रूप में काम करते थे, इस काम ने उन्हें स्थानीय पुलिस के साथ परेशानी में डाल दिया। पुलिस से खुद को बचाने के लिए उन्होंने शुरुआत में राजनीति में प्रवेश किया। पुलिस ने उनके खिलाफ 12 आपराधिक मामले और आरोप दर्ज किए थे, जिनमें से सभी को विधायक बनने के बाद हटा दिया गया।

राजनीतिक कैरियर

भजनलाल ने अपने राजनीतिक जीवन की शुरुआत एक गांव के सरपंच और बाद में हिसार की पंचायर समिति के अध्यक्ष बनकर की । वे कांग्रेस पार्टी में शामिल हो गए और क्षेत्र में कांग्रेस मंडल के अध्यक्ष बन गए । वे आदमपुर में मध्यावधि चुनाव जीतने के बाद 1968 में पहली बार हरियाणा विधानसभा के लिए चुने गए । उन्होंने अपने राजनीतिक जीवन के बाकी समय में इस सीट को बरकरार रखा, सिवाय 1987 के जब उनकी पत्नी ने सीट जीती।

जनता पार्टी

1977 के चुनावों में उन्होंने जनता पार्टी के टिकट पर चुनाव लड़ा और चुनाव जीते । चौधरी देवीलाल की नई जनता पार्टी सरकार के तहत, भजन लाल को डेयरी विकास और पशुपालन मंत्रालय, श्रम और रोजगार मंत्रालय और वन मंत्रालय सहित कई मंत्रालय दिए गए। हालाँकि 1979 में वे विधायकों के एक समूह के साथ कांग्रेस में शामिल हो गए, जिससे जनता पार्टी की सरकार गिर गई।

मुख्यमंत्री हरियाणा सरकार (28 जून 1979 से 23 मई 1982), (23 मई 1982 से 5 जून 1986) (20 जून 1991 से 11 मई 1996)

मुख्यमंत्री के रूप में पहला और दूसरा कार्यकाल

कांग्रेस में शामिल होने के बाद वे हरियाणा के मुख्यमंत्री बने, लेकिन उन्हें बहुत कम बहुमत मिला। सन 1980 में आम चुनावों में इंदिरा गांधी के नेतृत्व वाली कांग्रेस (आई) की जीत के बाद , जनता पार्टी के कई नेताओं ने दलबदल करना शुरू कर दिया, तब तक वे 40 जनता पार्टी विधायकों को कांग्रेस में लाने में सफल हो गए और 90 विधायकों वाली विधानसभा में 50 विधायकों का मजबूत बहुमत हासिल कर लिया। उन्होंने यह तब किया जब उनके प्रतिद्वंद्वी देवी लाल ने अपने 42 जनता पार्टी विधायकों को सबमशीन गन से

लैस गार्डों के साथ एक फार्महाउस में रखवा दिया था। उन्होंने दलबदल करने वाले विधायकों को जमीन, पैसा, राज्य निगमों और बोर्डों में पद और कैबिनेट पदों की पेशकश की। इस उद्देश्य के लिए उन्होंने कैबिनेट मंत्रालयों की संख्या बढ़ाकर 26 कर दी, जिससे हर दूसरा कांग्रेस विधायक मंत्री बन गया। उन्होंने राज्य के आपराधिक जांच विभाग पर भी नियंत्रण रखा, जिसका इस्तेमाल उन्होंने अपने प्रतिद्वंदिवयों के खिलाफ मामले दर्ज करके उन्हें वापस लेने या उनके साथ शामिल होने के लिए दबाव बनाने के लिए अपने फायदे के लिए किया। अपने पहले कार्यकाल के दौरान इस खरीद-फरोख्त के कारण हिंदुस्तान टाइम्स ने उन्हें "खरीद-फरोख्त का मास्टर" कहा था।

हालाँकि, शासन और अर्थव्यवस्था पर भजनलाल का रिकॉर्ड उस समय खराब देखा गया था, जब राज्य निगमों और बोर्डों ने अपने अधिशेष में तेज़ गिरावट देखी थी और 1979-1982 के बीच उनके शासन के शुरुआती वर्षों के दौरान राज्य में नई बिजली उत्पादन क्षमता में कोई वृद्धि नहीं हुई थी। उन्हें 23 मई 1982 को फिर से चुना गया और जुलाई 1986 तक सेवा की ।

सन 1987 चुनाव

हालांकि उन्होंने 1987 के चुनावों में पार्टी का नेतृत्व नहीं किया , लेकिन उस चुनाव में कांग्रेस की चुनावी हार के परिणामस्वरूप उन्हें धीरे-धीरे पार्टी में भूपेन्द्र हुड्डा जैसे नए नेताओं के पक्ष में दरकिनार कर दिया गया।

केंद्रीय मंत्री और राष्ट्रीय राजनीति

1986 में मुख्यमंत्री के रूप में अपने कार्यकाल की समाप्ति के बाद, उन्हें राज्य सभा सांसद बनाया गया और राजीव गांधी सरकार के तहत उन्हें केन्द्रीय पर्यावरण और वन मंत्री नियुक्त किया गया। 1988 में उन्हें केन्द्रीय कृषि मंत्री बनाया गया। 1989 में वेजनता पार्टी के खुर्शीद अहमद को हराकर फरीदाबाद के निर्वाचन क्षेत्र से जीतकर लोकसभा के लिए चुने गए।

मुख्यमंत्री के रूप में तीसरा कार्यकाल

उन्होंने लोकसभा से इस्तीफा देकर 1991 में आदमपुर से हरियाणा विधानसभा चुनाव लड़ा, कांग्रेस ने चुनाव जीता और उन्हें तीसरी बार मुख्यमंत्री बनाया गया। हालांकि, 1996 के चुनावों में कांग्रेस को बड़ी हार का सामना करना पड़ा और उसके बाद भजनलाल कभी मुख्यमंत्री नहीं बन पाए।

कांग्रेस छोड़ना

हरियाणा के 2005 के चुनावों में भारतीय राष्ट्रीय कांग्रेस की जीत ने इसकी राज्य इकाई में एक बड़ी दरार पैदा कर दी, क्योंकि इसने लाल के बजाय जाट भूपेन्द्र हुड्डा को मुख्यमंत्री बनाने का विकल्प चुना। सन 2007 में, भजनलाल ने आधिकारिक तौर पर घोषणा की कि वह हरियाणा जनहित कांग्रेस नामक एक नई पार्टी बनाएंगे। इस घटना को अंजाम देने वाली प्रमुख घटना उनके बेटे कुलदीप विश्नोई का भारतीय राष्ट्रीय कांग्रेस से पार्टी के केंद्रीय

नेताओं की आलोचना करने के कारण निलंबन था।

2009 लोकसभा चुनाव

उन्होंने 2009 का लोकसभा चुनाव लड़ा, जबकि उस समय उनकी उम्र 79 वर्ष थी, और कहा कि वे अभी भी "चुनाव जीतने के लिए पर्याप्त युवा हैं"। उन्होंने हिसार से चुनाव लड़ा और इनेलो नेता संपत सिंह को 6983 मतों से हराया, कांग्रेस के जय प्रकाश इस हाई-प्रोफाइल मुकाबले में तीसरे स्थान पर रहे।

मृत्यु

भजन लाल की मृत्यु 3 जून 2011 को हिसार में दिल का दौरा पड़ने से हो गई।

4

मनोहर लाल खट्टर

मनोहर लाल खट्टर

मनोहर लाल खट्टर

मनोहर लाल खट्टर

मनोहर लाल खट्टर (जन्म: 5 मई 1954) भारत के हरियाणा राज्य के पूर्व मुख्यमंत्री रह चुके हैं। 26 अक्टूबर 2014 को उन्होने हरियाणा के 10वें मुख्यमंत्री के रूप में शपथ ग्रहण की और 12 मार्च 2024 को त्यागपत्र दिया। 18 वर्ष बाद वे इस पद पर विराजमान होने वाले पहले गैर जाट नेता हैं।

वे भारतीय जनता पार्टी के सदस्य हैं तथा राष्ट्रीय स्वयंसेवक संघ के प्रचारक रह चुके हैं। हरियाणा विधान सभा में वे करनाल का प्रतिनिधित्व करते हैं। सन 2014 के हरियाणा विधान सभा चुनाव में भारतीय जनता पार्टी की विजय के पश्चात विधायक दल द्वारा उन्हें नेता चुना गया तथा मुख्यमंत्री पद हेतु नामित किया गया।

मनोहर लाल खट्टर एक भारतीय राजनीतिज़ हैं जो जून 2024 से केंद्र की मोदी सरकार में ऊर्जा मंत्री और आवास और शहरी मामलों के मंत्री के रूप में कार्यरत हैं । वे भारतीय जनता पार्टी के एक प्रमुख नेता हैं और उन्होंने 26 अक्टूबर 2014 से 12 मार्च 2024 को अपने इस्तीफे तक हरियाणा के10 वें मुख्यमंत्री के रूप में कार्य किया ।

सन 2014 के भारतीय आम चुनाव में, वह हरियाणा के करनाल से भारतीय संसद के निचले सदन लोकसभा के लिए चुने गए। जब वे मुख्यमंत्री थे, तो उन्होंने 2014 से 2024 तक हरियाणा विधान सभा में करनाल निर्वाचन क्षेत्र का प्रतिनिधित्व किया । वह पूर्व आरएसएस प्रचारक हैं और उन्होंने 2000 से 2014 तक हरियाणा में भाजपा के संगठनात्मक महासचिव के रूप में काम किया।

व्यक्तिगत जीवनपरिचय

खट्टर का जन्म 5 मई 1954 को भारत के पूर्वी पंजाब के रोहतक जिले के मेहम तहसील के निंदाना गाँव में एक पंजाबी हिंदू परिवार में हुआ था। उनके पिता, हरबंस लाल खट्टर, 1947 में भरत के विभाजन के बाद पश्चिमी पंजाब के झंग जिले से गांव में आकर बस गए थे । उनका परिवार शुरू में रोहतक जिले बनयानी गांव में बस गया और खेती करने लगा।

खट्टर ने पंडित नेकीराम शर्मा गवर्नमेंट कॉलेज, रोहतक से अपनी मैट्रिकुलेशन (हाई स्कूल का अंतिम वर्ष) पूरी की । इसके बाद वे दिल्ली में अपने रिश्तेदारों के साथ रहने चले गए, और सदर बाजार के पास उनके साथ कपड़े की दुकान चलाई जबकि उन्होंने दिल्ली विश्वविद्यालय से स्नातक की डिग्री पूरी की ।

राजनीतिक कैरियर

खट्टर 1977 में राष्ट्रीय स्वयंसेवक संघ (आरएसएस) में शामिल हुए और तीन साल बाद पूर्णकालिक प्रचारक बन गए। प्रचारक के रूप में, वह आजीवन अविवाहित हैं। उन्होंने 1994 में भाजपा में जाने से पहले 17 साल तक पूर्णकालिक प्रचारक के रूप में काम किया।

सन 2000-2014 के दौरान, खट्टर हरियाणा में भाजपा के संगठनात्मक महासचिव थे। उनके कार्यकाल के दौरान राज्य इकाई ने अक्टूबर 2000 में भाजपा की बात पत्रिका का प्रकाधन भी शुरू किया था । वे 2014के लोकसभा चुनावों के लिए भाजपा की हरियाणा चुनाव अभियान समिति के अध्यक्ष थे । इसके बाद, वे भाजपा की राष्ट्रीय कार्यकारी समिति के सदस्य बने।

सन 2014 में, खट्टर को हरियाणा विधानसभा चुनाव, 2014 के लिए करनाल निर्वाचन क्षेत्र से भाजपा के उम्मीदवार के रूप में नामित किया गया था। करनाल में पार्टी के कार्यकर्ताओं और समर्थकों ने एक हस्ताक्षर अभियान चलाया, जिसमें पार्टी नेतृत्व से उनके

बजाय एक स्थानीय उम्मीदवार को मैदान में उतारने की मांग की गई। उनके प्रतिद्वंधी, भारतीय राष्ट्रीय कांग्रेस के उम्मीदवार और दीपेन्द्र सिंह हुड्डा ने खट्टर पर करनाल के मूल निवासी न होने का "बाहरी" होने का आरोप लगाया। लेकिन मोदी लहर ने श्री खट्टर को भारी अंतर से चुनाव जीतने में मदद की।

चुनावों में, भाजपा ने पहली बार हरियाणा में बहुमत हासिल किया और खट्टर ने अपना पहला चुनाव 63,736 वोटों के अंतर से जीता। पार्टी की एक बैठक के दौरान, हरियाणा भाजपा अध्यक्ष रामबिलास शर्मा ने हरियाणा के मुख्यमंत्री पद के लिए उनके नाम का प्रस्ताव रखा, जिसका हरियाणा के मुख्यमंत्री पद के अन्य मजबूत दावेदार राव इंद्रजीत सिंह ने समर्थन किया और कई विधायकों ने उनका समर्थन किया। 26 अक्टूबर 2014 को शपथ ग्रहण समारोह के बाद वे हरियाणा के भाजपा के पहले मुख्यमंत्री बने।

27अक्टूबर 2019 को. 2019 हरियाणा विधानसभा चुनाव के बाद दुष्यंत चौटाला की जननायक जनता पार्टी के साथ गठबंधन करने के बाद, खट्टर ने दूसरी बार मुख्यमंत्री के रूप में शपथ ली।

खट्टर ने 2024 के लोकसभा चुनावों से पहले सीट बंटवारे को लेकर राज्य की सत्तारूढ़ भाजपा और जननायक जनता पार्टी (जे जे पी)गठबंधन में दरार आने की अटकलों के बीच 12 मार्च 2024 को हरियाणा के राज्यपाल बंडारू दत्तात्रेय को अपना इस्तीफा सौंप दिया, और 13 मार्च को उन्होंने हरियाणा विधानसभा से अपना इस्तीफा दे दिया।

मनोहर लाल ने केन्द्रीय ऊर्जा मंत्री का पदभार ग्रहण किया।

मार्च 2024 में, उन्हें 2024 के भारतीय आम चुनाव में करनाल निर्वाचन क्षेत्र के लिए भाजपा उम्मीदवार के रूप में घोषित किया गया । खट्टर ने बाद में सीट से जीत हासिल की। जून 2024 में, खट्टर को बिजली मंत्री और आवास और शहरी मामलों का मंत्री नियुक्त किया गया।

प्रमुख पहल

पुलिस सुधार

खट्टर ने घोषणा की कि हरियाणा के हर जिले में एक महिला पुलिस स्टेशन होगा और करीब 500 महिला कांस्टेबलों की भर्ती की जाएगी। उन्होंने हरसमय नामक एक 24×7 पोर्टल भी शुरू किया जिसके माध्यम से कोई भी ऑनलाइन शिकायत दर्ज कर सकता है।

उन्होंने यह भी सुझाव दिया है कि पुलिस कर्मियों को मानसिक और शारीरिक रूप से स्वस्थ रखने में मदद के लिए योग को पुलिस कांस्टेबलों के प्रशिक्षण का हिस्सा बनाया जाना चाहिए। मीडिया रिपोर्ट्स के अनुसार, खट्टर ने कहा है कि पुलिस भर्ती पारदर्शी भर्ती नीति (टीआरपी) के तहत की जाएगी और अगले तीन वर्षों में 550 करोड़ रुपये की लागत

से पुलिस कर्मियों के लिए 3,060 नए घरों का निर्माण किया जाएगा।

ई-शासन

मनोहर लाल खट्टर ने सभी सरकारी कार्यालयों में बायोमेट्रिक उपस्थिति प्रणाली सहित कॉमन सर्विस सेंटरों के माध्यम से ई-सेवाएं शुरू की हैं, जिसके माध्यम से सभी अधिकारियों की उपस्थिति ऑनलाइन उपलब्ध होगी और उसकी निगरानी की जाएगी।

भारतीय एकीकरण

जुलाई 2022 में, मनोहर लाल खट्टर ने भारत के विभाजन का विरोध करते हुए भारतीय एकीकरण का मुद्दा उठाया। खट्टर ने भारतीय उपमहाद्वीप में मौजूदा विभाजन की तुलना पूर्वी और पश्चिमी जर्मनी से की, जो 1990 के दशक में जर्मन एकीकरण के साथ भंग हो गए थे।

महिला सशक्तिकरण

मनोहर लाल खट्टर की सरकार बेटी बचाओ, बेटी पढ़ाओ योजना को लागू करने के लिए कदम उठाने के लिए चर्चा में रही है, जिसे भारत के प्रधानमंत्री नरेंद्र मोदी ने हरी झंडी दिखाई थी। उनके सत्ता संभालने के बाद से हरियाणा में बाल लिंग अनुपात में सुधार हुआ है। अब यह प्रति 1,000 लड़कों पर 889 लड़कियां हैं। खट्टर ने एक सार्वजनिक बयान में कहा, "इसे (बाल लिंग अनुपात) 900 से ऊपर ले जाने के प्रयास किए जा रहे हैं।"

स्मारक का निर्माण

मनोहर लाल खट्टर ने सार्वजनिक रूप से घोषणा की है कि उनकी सरकार पठानकोट में आतंकवादी हमले में मारे गए गरुड़ कमांडो गुरसेवक सिंह के बलिदान को याद करने के लिए एक स्मारक बनाएगी।

5

गयालाल विधायक

गयालाल विधायक

गयालाल विधायक

गयालाल विधायक सभा क्षेत्र हसनपुर (वर्तमान होडल) जिला पलवल से विधायक (1967-1968 तथा 1977–1982) रहे थे।

कौन विधायक जी थे 'आयाराम-गयाराम' के जनक ?

आयाराम का मुहावरा दलबदल के पर्याय के रूप में 1967 में तब मशहूर हुआ जब हरियाणा की हसनपुर (सुरक्षित) विधानसभा से निर्दलीय विधायक गयालाल (Gaya Lal) ने एक ही दिन में चार बार पार्टी बदली। यह अपने आप में एक रिकॉर्ड था। इसके साथ ही भारतीय राजनीति में इस मुहावरे ने जगह बना ली। गयालाल के बेटे उदयभान हरियाणा की

होडल विधानसभा सीट से कांग्रेस के विधायक रहे हैं। अब वह प्रदेश कांग्रेस के अध्यक्ष भी हैं।

आया राम गया राम

आया राम गया राम (शाब्दिक अर्थ: 'राम आया है, राम गया है') एक हिंदी अभिव्यक्ति है जो विधायी निकाय के संदर्भ में दल -बदल करने की प्रथा को संदर्भित करता है । यह शब्द 1967 में हरियाणा में उत्पन्न हुआ जब विधान सभा के सदस्य गया लाल ने दो सप्ताह के भीतर तीन बार अपनी पार्टी की निष्ठा बदली। लाल के व्यवहार के परिणामस्वरूप अंततः उसी वर्ष बाद में हरियाणा में राष्ट्रपति शासन लागू हो गया । आगे के दबाव के परिणाम स्वरूप 1985 में दल-बदल विरोधी क़ानून पारित हुआ। हालाँकि, दल-बदल की प्रथा आज भी राज्य विधानसभाओं में पाई जाती है, हालाँकि अधिक सीमित सीमा तक।

शब्द की उत्पत्ति

यह शब्द तब गढ़ा गया था जब हरियाणा के हसनपुर निर्वाचन क्षेत्र (अब होडल) से विधान सभा के सदस्य गया लाल1967 में एक स्वतंत्र उम्मीदवार के रूप में चुनाव जीता और भारतीय राष्ट्रीय कांग्रेस में शामिल हो गए, और उसके बाद एक पखवाड़े में तीन बार दल बदले, पहले राजनीतिक रूप से भारतीय राष्ट्रीय कांग्रेस से अलग होकर संयुक्त मोर्चे में शामिल हुए, फिर वापस कांग्रेस में शामिल हुए और फिर अंतिम बार संयुक्त मोर्चे में शामिल हुए। जब गया लाल ने कांग्रेस में शामिल होने के लिए संयुक्त मोर्चा छोड़ दिया, तो तत्कालीन कांग्रेस नेता राव बीरेंद्र सिंह, जिन्होंने गया लाल के कांग्रेस में शामिल होने की योजना बनाई थी, गया लाल को चंडीगढ़ में एक प्रेस कांफ्रेंस में ले आए और घोषणा की कि "गया राम अब आय्याराम बन गया है " । इसके परिणाम स्वरूप महत्वपूर्ण उथल-पुथल हुई, जिसके परिणाम स्वरूप अंतत : हरियाणा विधान सभा को भंग कर दिया गया और राष्ट्रपति शासन लगा दिया गया।

गया लाल ने अपने अंतिम दिनों तक लगातार पार्टियाँ बदली। उन्होंने 1972 में अखिल भारतीय आर्य सभा के तहत हरियाणा में विधानसभा चुनाव लड़ा और 1974 में चौधरी चरण सिंह के नेतृत्व में भारतीय लोक दल में शामिल हो गए। 1977 में जब लोक दल का जनता पार्टी में विलय हो गया तो उन्होंने जनता पार्टी के उम्मीदवार के रूप में सीट जीती।

दलबदल विरोधी कानून

इस तरह के दलबदल को रोकने के लिए 1985 में दल बदल विरोधी अधिनियम पारित किया गया था। इसे राजीव गांधी की सरकार द्वारा भारत के संविधान की दसवीं अनुसूची के रूप में शामिल किया गया था ।

संसद और राज्य विधानसभाओं दोनों पर लागू दलबदल विरोधी अधिनियम, सदन के किसी अन्य सदस्य की याचिका के आधार पर दलबदल के आधार पर विधायकों को अयोग्य ठहराने के लिए विधायिका के पीठासीन अधिकारी (अध्यक्ष) के लिए प्रक्रिया को निर्दिष्ट करता है। दलबदल को या तो स्वेच्छा से अपनी पार्टी की सदस्यता छोड़ने या विधायिका में

मतदान पर पार्टी नेतृत्व के निर्देशों (राजनीतिक सचेतक) की अवज्ञा (मतदान से परहेज या खिलाफ मतदान) के रूप में परिभाषित किया जाता है। विधायक अयोग्यता के जोखिम के बिना अपनी पार्टी बदल सकते हैं या किसी अन्य पार्टी में विलय कर सकते हैं बशर्ते कि कम से कम दो-तिहाई विधायक विलय के पक्ष में हों, न तो विलय करने का फैसला करने वाले सदस्य और न ही मूल पार्टी के साथ रहने वाले सदस्यों को अयोग्यता का सामना करना पड़ेगा। सर्वोच्च न्यायालय ने आदेश दिया कि औपचारिक त्यागपत्र के अभाव में, सदस्यता छोड़ने का निर्धारण विधायक के आचरण से किया जा सकता है, जैसे कि सार्वजनिक रूप से अपनी पार्टी के प्रति विरोध व्यक्त करना या किसी अन्य पार्टी का समर्थन करना, पार्टी विरोधी गतिविधियों में शामिल होना, कई अवसरों पर सार्वजनिक मंचों पर पार्टी की आलोचना करना और विपक्षी दलों द्वारा आयोजित रैलियों में भाग लेना। पीठासीन अधिकारी के पास अपना निर्णय लेने के लिए कोई समय सीमा नहीं है, उदाहरण के लिए यदि पार्टी के दो तिहाई से कम विधायक दलबदल करते हैं तो पीठासीन अधिकारी अपने विवेक का उपयोग करके अविश्वास प्रस्ताव होने से पहले विधायकों को अयोग्य घोषित कर सकते हैं या "अविश्वास प्रस्ताव" होने तक अयोग्यता पर निर्णय में देरी कर सकते हैं। एक अन्य उदाहरण में, यदि पार्टी के दो तिहाई से कम विधायक एक से अधिक बैच में एक साथ इस तरह से दलबदल करते हैं कि दलबदल पर निर्णय होने से पहले एकजुट दलबदलुओं की संयुक्त ताकत दो तिहाई से अधिक हो, तो पीठासीन अधिकारी अपने विवेक का उपयोग करके दलबदल करने वाले विधायकों के प्रत्येक बैच को अयोग्य घोषित कर सकते हैं या दलबदल करने वालों के संयुक्त बैच को कानूनी दलबदल (कोई अयोग्यता नहीं) के रूप में स्वीकार कर सकते हैं। इससे पीठासीन अधिकारी द्वारा किसी विशिष्ट पार्टी को लाभ पहुंचाने के लिए मौजूदा दल-बदल विरोधी कानूनों की खामियों का फायदा उठाकर खरीद-फरोख्त (प्रति-दल-बदल), अपवित्र गठबंधन बनाने या चुनावी धोखाधड़ी के माध्यम से दुरुपयोग की संभावना बनती है। हालांकि, पीठासीन अधिकारी का निर्णय न्यायालयों द्वारा न्यायिक समीक्षा के अधीन है।

आया राम-गया राम की कहानी – घटना -

घर परिवार, दोस्तों के बीच भी हम अक्सर बोल देते हैं.. दल-बदलू। ये शब्द अब मुहावरा सरीखा बन चुका है। राजनीति में 'आया राम- गया राम' की बदनाम परंपरा शुरू करने वाले दल-बदलू नेता की कहानी समझिए। एक ऐसा नेता जिसने देश की राजनीति को सन 1967 में एक नया जुमला दिया था। वो जुमला था 'आया राम-गया राम'। आज इस घटना को कई साल बाद भी दल-बदलू राजनीति के सबसे बड़े प्रतीक के रूप में याद किया जाता है। उस नेता का नाम था गया लाल। 1967 में हरियाणा के हसनपुरा सीट से गया लाल विधायक थे। अब हसनपुरा विधानसभा क्षेत्र का नाम होडल हो गया है। कांग्रेस से बागी होकर ये निर्दलीय

विधायक चुने गये थे। 15 दिन में तीन बार दल बदलकर रातों रात सुर्खियों में आ गये थे।

सन 1966 में हरियाणा एक अलग राज्य बना। सन 1967 में पहला विधानसभा चुनाव हुआ। पहले विधानसभा चुनाव में हरियाणा में 16 निर्दलीय चुने गये। निर्दलीय विधायकों में ज्यादातर कांग्रेस के बागी थे। तब हरियाणा के कुल 81 सीटों में जनसंघ ने 12 सीटें, स्वतंत्र पार्टी ने 3 सीटें जीती थीं। कांग्रेस ने 48 सीटें जीतकर बहुमत की सरकार बनाई थी। कांग्रेस विधायक दल के नेता भगवत दयाल शर्मा ने मुख्यमंत्री पद की शपथ ली। इनकी सरकार दस दिन भी नहीं चल पायी। तब कांग्रेस के ही 12 दल-बदलू विधायकों ने मात्र 6 दिन में ही पार्टी छोड़ दिया। इन लोगों ने हरियाणा कांग्रेस पार्टी बना ली। इसमें गया लाल भी शामिल थे। ये सभी यूनाइटेड फ्रंट में शामिल हो गये, जिसमें जनसंघ के साथ साथ 16 निर्दलीय विधायक और स्वतंत्र पार्टी के विधायक भी थे। लेकिन वहां रहने के कुछ ही देर बाद गया लाल का मन बदला और फिर से कांग्रेस में आ गये। कांग्रेस में इस बार महज 9 घंटे रूके। फिर कांग्रेस पार्टी छोड़ी और यूनाइटे फ्रंट में चले गये। कुछ दिन के बाद फिर पाला बदला और घर वापसी की यानि फिर कांग्रेस के साथ आ गये। कांग्रेस में वापस आने के बाद कांग्रेस के तत्कालीन नेता राव बीरेंद्र सिंह उनको लेकर चंडीगढ़ पहुंचे और वहां एक प्रेस कॉन्फ्रेंस किया। राव बीरेंद्र ने उस मौके पर कहा था, 'गया राम अब आया राम हैं।' इस घटना के बाद से भारतीय सियासत में दल-बदलुओं के लिए 'आया राम, गया राम' का मुहावरा की तरह इस्तेमाल होने लगा। बताया जाता है कि गया लाल दक्षिण हरियाणा के कद्दावर नेता थे।

यह कई चुटकुलों और कार्टूनों का विषय बन गया। सन 1985 में इस तरह के दलबदल को रोकने के लिए संविधान में संशोधन किया गया।

हरियाणा की राजनीति में 'आयाराम-गयाराम' की राजनीति खूब देखने को मिलती है। दरअसल भारत की सियासत को ये मुहावरा ही हरियाणा से मिला। अभी जब इस राज्य के पूर्व मुख्यमंत्री मनोहर लाल खट्टर के भतीजे रमित खट्टर ने सुबह कांग्रेस ज्वाइन की और शाम को वह वापस बीजेपी में लौट आए तो ये मुहावरा फिर बोला जाने लगा। हम आपको हरियाणा के एक निर्दलीय विधायक का वो किस्सा बताते हैं, जिन्होंने एक दिन में चार बार पार्टियां बदलीं।

हालांकि 'आयाराम – गयाराम' जैसी पालाबदल राजनीति को रोकने के लिए कानून तो तो बना लेकिन समय के लिए इससे बचने के रास्ते भी निकाल लिये गए। ये मुहावरा जिस विधायक जी से निकला, उनकी कहानी भी खूब रोचक है।

6

चेतीलाल (सीएल) वर्मा

चेतीलाल (सीएल) वर्मा

चेतीलाल (सीएल) वर्मा

चेतीलाल (सीएल) वर्मा –

श्री चेतीलाल वर्मा (जाट गोत्र नौहवार) का जन्म 2 जून, सन 1921 को गांव छज्जूनगर, तहसील पलवल जिला फरीदाबाद (वर्तमान जिला – पलवल) हरियाणा में हुआ था। इनके पिताजी चौधरी हीरालाल अंग्रेजी शासन में जैलदार थे। इनकी माताजी श्रीमती बोहती देवी धार्मिक विचारों की कुलवंती महिला थीं। जो रावत गौत्रीय थीं। संयुक्त पंजाब में पड़ने वाले गांव छज्जूनगर में बिजली, पानी और शिक्षा की कोई व्यवस्था नहीं थी। बच्चे चौपाल में पड़ते थे तथा इनकी संख्या मुश्किल से बीस–पच्चीस ही होती थी।

तत्कालीन सरकार ने घोषणा की थी कि जो बच्चा चौथी कक्षा में जिले में प्रथम आएगा उसे वजीफा (छात्रवृति) मिलेगा तथा उसे उन्हें पलवल कस्बे में स्थित राष्ट्रीय स्कूल में,

जहां अंग्रेजी पढ़ना आवश्यक था, प्रवेश दिया जाएगा। बालक चेतीलाल चौथी कक्षा में जिले भर में प्रथम आए तो आगे पढ़ने के लिए पलवल जाना पड़ा। वजीफे की राशि चार रुपये मासिक थी। जिसमें से ढाई रुपये स्कूल फीस व पुस्तकों पर खर्च कर ये डेढ़ रुपया बचा भी लेते थे। प्रारम्भिक मितव्ययता की यह आदत इनको आगे बहुत काम आई। इनकी माताजी बड़ी परिश्रमी थी। वे हाथ चक्की से पूरे परिवार के लिए आटा पीसती थीं तथा बेटे चेती को बड़े सबेरे स्कूल भेज दिया करती थीं। अपने गांव के बालक चेतीलाल अकेले छात्र थे, जो रोज करीब 5 किलोमीटर का पैदल सफर करके पावाल स्कूल पहुँचते थे और पैदल ही चलकर वापस घर आते थे।

वर्मा जी अतीत में झाँकते हुए बताते हैं कि इनके पितामह (दादा जी) श्री गिरधारी लाल जी भी जैलदार थे और वही जैलदारी बाद में इनके पिताश्री को प्राप्त हुई, परन्तु घर की माली-हालत नाजुक ही रहती थी। वजीफे से इन्होनें 22 रुपये बचाकर एक साइकिल खरीदी, तत्पश्चात साइकिल से स्कूल आने जाने लगे। ये हॉकी और कबड्डी के शौकीन थे। जिस दिन इनका आठवीं कक्षा की परीक्षा में अंग्रेजी का दूसरा पेपर था, उसी दिन मार्च 1937 की एक सुबह इनकी माताजी का स्वर्गवास हो गया। इनका वह पेपर छुट गया परन्तु ये एक ही पेपर में पास हो गए, जो इनकी योग्यता को दर्शाता है। आसपास कोई कालेज न था, अत: इनकी पढ़ाई मैट्रिक तक हो पाई। एक महत्वपूर्ण संस्मरण सुनाते हुए वे बताते हैं कि मैट्रिक की परीक्षा के लिए फार्म भरने थे, तो यह तय हुआ कि अपने नाम के साथ बनिया जाति के छात्र गुप्ता, ब्राह्मण छात्र शर्मा और जाट छात्र वर्मा लिखेंगे। अत: तभी से श्री चेतीलाल जी, चेतीलाल वर्मा हो गए जबकि इनके सभी भाई श्री प्रीतम सिंह और भतीजे श्री देवेंद्र सिंह, जो इनलो (इंडियन नेशनल लोकदल) के लिए अध्यक्ष रहे हैं, आदि सभी अपने नाम के साथ सिंह लिखते हैं।

सन 1939 में ये गुड़गांव जिले के सब-जज की कचहरी में कार्यरत हुए। वहाँ अधिकांश कर्मचारी गैर-कृषि वर्ग के लोग थे, जो कृषि वर्ग के लोगों को सहयोग नहीं देते थे और जनता के साथ भ्रष्ट व्यवहार करते थे। यह वर्मा जी को सहन नहीं था। अंतत: अन्तरात्मा की आवाज पर इन्होनें नौकरी ही छोड़ दी। फिर 35 रुपये माह की बैंक नौकरी कर ली परन्तु बैंक की घिसी पिटी दिन चर्या की नौकरी भी इनको रास नहीं आई, क्योंकि ये स्वभाव से कर्मठ होने के कारण कोई चुनौतीपूर्ण कार्य करना चाहते थे। फिर ये अम्बाला जाकर सेना में भर्ती हो गए और पिताजी ने वापस बुलाने के अनेक असफल प्रयास किए, परंतु अब युवा चेतीलाल ने कुछ कर दिखाने की ठान ली थी और फौज में सिपाही के पद पर ही दिसम्बर, 1940 में भर्ती हो गए। वहां इन्होनें लड़ाई में मोर्चे पर जाने की इच्छा अफसर के सामने प्रकट की। फलस्वरूप अंग्रेजी सेना के साथ ईराक पहुंचे, ये 6 साल तक फौज में रहे। इस अवधि में इन्हें विश्व युद्ध के दौरान ईराक, सीरिया, इजिप्ट, पैलेस्टाइन आदि देशों में अपनी सैनिक टुकड़ी के साथ जाने का अवसर मिला। अपनी ईमानदारी और देशभक्ति के कारण कई बार कोर्ट मार्शल का भी सामना किया। आजाद हिन्द फौज के सेनानियों सर्वश्री ढिल्लन, सहगल व

शाहनवाज़ के विरुद्ध अंग्रेजी शासन द्वारा देशद्रोह के मुकदमे की सुनवाई के समय उनके बचाव के लिए वर्माजी ने अपने साथी फ़ौजियों से चन्दा इकठ्ठा किया। इनके इसी प्रकार के देशभक्तिपूर्ण कार्यों एवं स्वतंत्र विचारों के कारण फौजी प्रशासन ने इनके ऊपर राजसत्ता के लिए खतरा पैदा करने का मुकंद्दमा चलाया जिसकी सजा मृत्युदंड थी, किन्तु अपराध प्रमाणित न हो पाया और ये छुट गए। इनके देशभक्तिपूर्ण कार्यों के कारण इन्हें नौकरी से छुट्टी दे दी गई।

फौज से वापस आने के पश्चात इन्होनें आईसीएस (वर्तमान आईएएस) परीक्षा देनी चाही, क्योंकि इनके पिताजी चाहते थे कि ये सरकारी नौकरी करें। इसके लिए इंटरमीडिएट की परीक्षा पास करना जरूरी था, जो इन्होनें एक महीने की तैयारी से ही पंजाब विश्वविद्यालय, लाहौर की आधी परीक्षा देकर ही पास कर ली। तत्पश्चात जब ये अपने गांव आए तो देश विभाजन के मुद्दे पर सांप्रदायिक दंगे शुरू हो गए थे। इन्होनें नवयुवकों को साथ लेकर ग्रामीण क्षेत्र में सुरक्षा का प्रबंध किया, जसमें नौजवान लोग गांवों की चौकीदारी करते थे और साम्प्रदायिक सदभावना का वातावरण बनाने का प्रयास करते थे। ऐसे ही समय में एक बार जब जाटों और मेवों में जबरदस्त टकराव होने की स्थिति आ गई तो इन्होनें अपनी सुरक्षा की परवाह न करते हुए दोनों को समझा बुझाकर खूनी टकराव को टाला।

आजादी के कुछ दिन पूर्व इनके एक मित्र लाहौर से कलकता आए थे, किन्तु अचानक भारत विभाजन की घोषणा होने के कारण वापस लाहौर जाने में असमर्थ थे। इसी कारण वे आर्थिक संकट में फंस गए। उनके बुलाने पर वर्माजी पहली बार 1947 में कलकता गए, परंतु वहां उनके मित्र दुर्घटना ग्रस्त हो गए और अस्पताल में 6 महीने उनके इलाज में लगे। ऐसे संकट की स्थिति में उनकी व उनके परिवार की पूरी देखभाल वर्माजी ने की। खर्चा चलाने के लिए पूंजी न होने के कारण बाजार से मशीन इत्यादि लेकर ग्राहकों को बेचने का काम शुरू किया।

प्रथम छः माह में करीब 50,000 रुपये की बचत हुई। जब इनके मित्र ठीक हो गए तो युवा चेतीलाल व्यापार छोड़कर वापस घर लौट आए, परंतु पुन: मित्र इनके गांव आए और इनके पिताजी की स्वीकृति से इन्हें कलकता ले गए। यहीं से इनमें व्यापार का मार्ग प्रशस्त हुआ। सन 1952 में इनके पिताश्री ने इन्हें क्षेत्रीय राजनीति हेतु बुलाया, परंतु मित्र ने इन्हें वापस नहीं आने दिया। फलस्वरूप इनके लिए व्यापार ही एकमात्र मार्ग बचा।

तत्पश्चात इन्होनें सरकारी सप्लाई का काम ले लिया और बड़ी–बड़ी मशीनों की सप्लाई का ठेका लेना शुरू कर दिया, व्यापार का आधार बढ़ता गया और विश्वसनीय हिस्सेदार भी मिलते गए। दूसरे देशों से आयात के साथ सन 1960 में कंस्ट्रक्सन का कान भी आसाम में शुरू कर दिया। देश के अनेक प्रान्तों में बड़े-बड़े ठेके लेने लगे।

6 मई, 1952 में इनकी शादी छोंकर गौत्रीय सुश्री उर्मिला से हुई, जो धार्मिक प्रवृति की महिला थी। इसके बाद बड़ी-बड़ी मशीनों की खरीददारी की गई तथा कई शहरों में ब्रांच खोली गई। 1960 तक इनके व्यापार का विस्तार ट्रेडिंग, मैन्यूफैक्चरिंग, इम्पोर्ट, एक्सपोर्ट आदि

क्षेत्रों में फैल गया था। अपने पेटेन्ट से कुछ मशीनों बनाने का काम भी किया। सरदार सोहन सिंह बासी, जो बाद में पंजाब के उप-मुख्यमंत्री और संसद सदस्य भी रहे, इनके कुशल व्यवहार और सत्यनिष्ठ व्यापार को देखकर इनके पार्टनर बन गये।

देश–विदेश में इनका काम भी चला गया। इनकी कम्पनी कॉन्टिनेन्टल कंस्ट्रक्सन लिमिटेड ने एयरपोर्ट, पावर हाउस, डैम टनैल्स, माइनिंग, कैनाल्स, रोड्स, सी-पॉर्ट्स, कारखाने, रेलवे लाइनिंग आदि बड़े–बड़े और भारी प्रोजेक्ट्स को सफलतापूर्वक पूरा कर बड़ी प्रसिद्धि प्राप्त की। सन 1975 में इनकी कम्पनी ने इराक में निर्माण कार्य का पहला ठेका लिया। किसी विदेश में ऐसा ठेका लेने वाली यह पहली भारतीय कम्पनी थी। इसके बाद इनकी कम्पनी ने तथा अन्य भारतीय कम्पनियों ने भी बड़े–बड़े निर्माण के ठेके इराक, लीबिया एवं अन्य दूसरे देशों के लिए। उत्तम तकनीक द्वारा उच्च स्तर की कुशलता का सुबूत समय पर निर्माण योजनाओं को पूरा करके दिया।

सन 1975 से 1985 के दशक में इनकी विदेशों में खूब धूम रही। इन्होनें लीबिया में वहां का सबसे ऊंचा बांध बनवाकर भारतीय तकनीक का गौरव बढ़ाया। इसके बाद इन्होनें उद्योग के क्षेत्र में कदम रखा और भटिंडा (पंजाब) में पंजाब सिरेमिक लिमिटेड, महाराष्ट्र में कॉन्टीनेंटल शिपिंग कॉर्पोरेशन और कॉन्टीनेंटल पेपर लिमिटेड चालू की। वर्मा जी ने दो बार लोकसभा (एमपी) का चुनाव भी लड़ा परन्तु अपने सिद्धान्तों से समझौता न करने के कारण, असफल रहे। चेतीलाल वर्मा मानते हैं कि अब ईमानदारी का काम नहीं है और लोग पहले जैसे जी तोड़ मेहनत भी नहीं कर पाते हैं।

इनके चारों पुत्र इंजीनियर हैं। इन सभी ने अमेरिका से एमबीए की है। इनके नाम क्रमश: चंद वर्मा, अशोक वर्मा, विजय वर्मा और मोहेन्द्र वर्मा हैं। इनकी दो बेटियाँ – पुष्पा वर्मा और सुचेता वर्मा बड़े सम्पन्न और सुशिक्षित परिवारों में विवाहित हैं। इनका एक पुत्र संयुक्त अरब अमीरात में रहकर व्यापार कर रहा है जबकि अन्य तीनों देश में ही अपने पिता द्वारा फैलाए गए विविध व्यापार को देखते हैं। वेदान्त के प्रशंसक श्री सीएल वर्मा जी कॉन्टीनेंटल कंस्ट्रक्सन लिमिटेड में मैनेजिंग डायरेक्टर एवं चेयरमैन तथा देश के अनेक संगठनों से जुड़े हुए थे। इन्होनें जातीय और मानवीय मूल्यों के उत्थान के लिए दिल खोलकर दान दिया है। अपने पिताश्री के नाम पर अपने गाँव में चौधरी हीरालाल जैलदार मेमोरियल नामक एक अस्पताल बनवाया है। कंझावाला में पोलिटेकनिक संस्थान और महाराजा सूरजमल ट्रस्ट आदि की स्थापना में इनकी मुख्य भूमिका रही है। इन्होनें अनेक जाट धर्मशालाओं के लिए मुंह मांगा दान देकर दान शीलता का परिचय दिया तथा कभी ख्याति प्राप्त करने का प्रयत्न नहीं किया। सर छोटूराम को आदर्श मानने वाले श्री चेतीलाल वर्मा के द्वारा अनेक लेखकों, साहित्यकारों, इतिहासकारों आदि प्रबुद्धजीवियों का भी भरपूर सहयोग किया गया। सच तो यह है कि इनके द्वार से कभी कोई खाली हाथ नहीं लौटा है।

श्री वर्मा जी जातीय पंचायतों, सम्मेलनों में उत्साहपूर्वक भाग लेते थे। चौहानवंशी लाकड़ा गौत्रीय जाट परिवार में इनका सर्वोच्च स्थान है।

इनका जीवन प्रारम्भ से उठकर प्रगति की पराकाष्ठा पर पहुंचने वाला एक ऐसा उदाहरण है जिस पर सहज ही कोई विश्वास नहीं कर पाता, परन्तु सत्य को कौन झुठला सकता है।

18 जनवरी सन 2000 को श्री चेतीलाल वर्मा जी का हृदय गति रुक जाने से देहांत हो गया तथा 12 जुलाई सन 2000 को इनकी धर्मपत्नी श्रीमती उर्मिला देवी भी चल बसीं।

अपने हाथों जीवन का नया इतिहास लिखने वाले तथा जाट जाति के गौरव श्री चेतीलाल वर्मा जी को हमारा शत - शत नमन।

लेखक रनवीर सिंह

लेखक रनवीर सिंह

रनवीर सिंह (Ranvir Singh)

रनवीर सिंह (Ranvir Singh)

रनवीर सिंह (तोमर) आत्मज स्व. श्री दिलीप सिंह

बी.ई.(इलेक्ट्रिकल), एफ. आई. ई., चार्टर्ड इंजीनियर.

जन्म - 02 जुलाई 1955

जन्म स्थान- गांव - नगला भूपसिंह, डाकघर - पिसावा, जिला अलीगढ़, उत्तर प्रदेश 202155.

शिक्षा - बी. एससी. इंजीनियरिंग (इलेक्ट्रिकल), अलीगढ़ मुस्लिम यूनिवर्सिटी अलीगढ़ उ. प्र. (1978),

सेवा - मध्य प्रदेश विद्युत मंडल (1979 से 2015), 36 वर्ष, सेवानिवृत्ति - अति. मुख्य अभियंता.

वर्तमान - फैकल्टी मेम्बर पावर डिस्ट्रीब्यूशन ट्रेनिंग सेंटर भोपाल

वर्तमान निवास - मकान न. डुप्लेक्स - 11. , कुटुम्ब अपार्टमेंट बलवन्त नगर यूनिवर्सिटी रोड, ठाठीपुर, ग्वालियर, म.प्र. 474002.

अभिरुचि - पुस्तक अध्ययन, इलेक्ट्रिकल विषयों पर लेक्चर देना, सामाजिक गतिविधियां, वृक्षारोपण कार्य आदि .

अणुडाक - er.rsingh55@gmail.com, चलित दूरभाष - +91- 9425137463.

प्रकाशित पुस्तकें - सामान्य - चौरासी का चक्कर, ज्योतिष और भारतीय पर्व, जीवन की प्रेरणादायक कहानियां, हरियाणा के राम।

विद्युत - ऊर्जा संरक्षण एवं अक्षय उर्जा, विद्युत सुरक्षा एवं उपचार, विद्युत वितरण संचालन और संधारण, विद्युत ऊर्जा मीटर, अर्थिंग(भू-संयोजन), विद्युत वितरण ट्रांसफ़ॉर्मर, विद्युत लाइन, विद्युत उपकेन्द्र, पावर कैपेसिटर, स्काडा इलेक्ट्रिकल ।

जातीय पुस्तक - जाट संत, जाट कवि, जाट बिलदानी, जटवारा चम्बल सिंध, तोमर(तंवर- तनवर), जाट मुख्यमंत्री, जाट राज्यपाल, जाट महिला खिलाड़ी, जाट प्लेयर्स (कॉमन वेल्वेथ गेम्स वर्मिन्घम - 2022), Tomar Dynasty (तोमर डायनेस्टी, जाट प्रधानमंत्री, एक व्यक्तित्व राजा महेंद्र प्रताप, जाट रियासतें ।

(प्रकाशक - नोशन प्रेस/Notion Press, वितरक - नोशन प्रेस, अमेज़न, फ्लिप्कार्ट, किन्ड्ल)